KB114835

헬리오스 나인 6

한시랑 장편소설

초판 1쇄 찍은 날 § 2018년 8월 10일
초판 1쇄 펴낸 날 § 2018년 8월 17일

지은이 § 한시랑
펴낸이 § 서경석

총괄팀장 § 최하나
편집책임 § 신보라
디자인 § 신현아

펴낸곳 § 도서출판 청어람
등록번호 § 제387-1999-000006호
등록일자 § 1999. 5. 31
어람번호 § 제1-2943호

주소 § 경기도 부천시 부일로 483번길 40 서경B/D 3F (우) 14640
전화 § 032-656-4452 팩스 § 032-656-4453
http://www.chungeoram.com
E-mail § chungeorambook@daum.net

ISBN 979-11-04-91803-2 04810
ISBN 979-11-04-91689-2 (세트)

한시랑 장편소설

FUSION
FANTASTIC
STORY

헬리오스 나인

6
[완결]

청람

· Contents ·

1장
비콘Ⅲ

이 소설에 나온 세계관을 포함한 모든 설정은 작가와 출판사의 동의하에 오픈 소스로 제공됨을 알려 드립니다.

　부챗살처럼 휘두르는 검 면을 따라 검강이 허공에 점점 늘어나더니 수십 개의 백색 검광이 순차적으로 한 점을 향해 귀일했다.

　놀랍게도 검신룡의 검광은 권산의 그것에 비해 수배는 많았다.

　하나 이미 쏘아진 화살.

　권산은 격돌의 순간까지 전력으로 내공을 전개했다.

　쿠앙!!

천지가 뒤집히는 듯한 폭음.

그 장대한 음파는 공기를 밀어내며 수 킬로미터 밖으로 퍼져 나갔다.

흙먼지가 비산하며 시야를 막은 가운데 권산은 한쪽 무릎을 꿇고 연거푸 각혈을 토해냈다.

먼지 틈 사이로 보이는 권산의 탈로스는 전면 외장갑이 무자비하게 파괴되어 드래곤의 근섬유가 시뻘겋게 노출되어 있었다.

"후욱! 후욱!"

진탕한 내장이 찢긴 것처럼 아팠다.

몇 호흡으로 감당할 내상이 아니다.

탈로스의 액체 장갑 공능이 아니었다면 이미 육신 전체가 갈기갈기 비산되었을 터였다.

기맥이 찢겨지는 고통 속에서 권산의 정신은 형용키 어려운 특이점에 돌입했다.

일종의 초집중 상태였다.

생사대적의 그 순간에 검신룡이 전개한 광룡사일을 보며 자신의 광룡사일에 무엇이 비어 있었는지 깨달은 것이다.

머릿속에서 미완의 구결이 쌓이며 마침내 완성의 마지막 단추를 채웠다.

검신룡은 흙먼지 속에서 그런 권산을 가만히 지켜보다가 벼락처럼 기공을 끌어모아 마지막 후반식을 전개했다.

'후반 3식, 무검천류.'

후반식 중에서도 가장 난해하고 복원이 어려웠던 3식이었다.

검신룡이 암천마제를 죽이기 위해 창시한 공간을 뛰어넘는 한 차원 높은 단계의 검식, 최고의 비기였다.

검첨이 공간에 스며들 듯 흐릿해졌다가 은빛 섬광과 함께 다시 나타났다.

공간에 잡히는 모든 것을 끊어내는 파멸의 빛이었다.

권산 역시 안간힘을 내며 무검천류를 전개했지만, 이미 발출이 늦었다.

무려 한 호흡이나 느린 발동이니 이미 승산이 없었다.

'역부족이구나.'

권산은 죽음을 직감했다.

어떠한 소음도 없는 조용한 죽음.

그것이 무검천류의 본모습이었다.

쉬이익!

샤악.

은빛은 수평으로 세상을 가르고 권산의 후방에서 퇴로를

막고 있는 다섯 이모탈의 허리를 일제히 날렸다.

권산의 눈앞에서 나타난 은빛의 검강이 놀랍게도 다시 공간 속에 스며들며 후방에 나타난 것이다.

이모탈은 반응도 못 하고 일거에 파괴되었고, 이들을 분쇄한 은빛은 다시 공간 속에 녹아들더니 측면에 위치한 GS시리즈 수십 대의 목을 동시에 날려 버렸다.

보고도 믿기 어려운 초월적인 기술이었다.

동시에 권산이 전개한 무검천류가 검신룡의 상체에 적중하며 깔끔하게 그의 육신을 갈랐다.

권산은 몸이 두 조각으로 나뉜 검신룡의 얼굴에 왠지 미소가 지어진 것 같다는 착각이 들었다.

'훌륭한 후학이로다.'

이모탈은 말을 할 수 없지만 분명 이런 마음의 소리가 울려 퍼진 듯한 느낌이 들었다.

검신룡의 육신이 갈라지며 그의 진기가 대기로 터져 나왔고, 그중 일부가 권산의 피부로 파고들었다.

격체전공의 수법으로 내공을 전해온 것이다.

분명 의지가 있었다.

육체의 죽음과 이모탈 시술을 넘어서 그의 의지가 어떤 형태로 남아 있었고, 그 의지가 용살문의 후인을 알아본 것이다.

그렇지 않고서는 무검천류의 전개와 이 격체전공을 설명할 도리가 없다.

'아, 조사님.'

장내에는 몇 대의 GS시리즈와 스키마만이 남아 있었다.

스키마의 안구 렌즈가 붉게 물들며 모두 죽이라는 명령을 하는 것이 아스라이 들렸다.

내공이 바닥을 치고 힘든 상황이었지만, 멈추면 죽는다.

제인은 가까이에 있던 GS-1 한 대의 목덜미에 검을 박아 넣더니 권산의 한쪽 팔을 붙잡고 전력으로 뛰기 시작했다.

"정신 차려 권산, 무조건 뛰어!"

안구의 실핏줄이 터져 온통 세상이 붉게 보이는 가운데 권산은 본능적으로 경공을 전개했다.

GS시리즈가 최대 출력으로 추격해 왔으나 탈로스의 속도를 붙잡을 수는 없었다.

정말 오랜만에 숨이 턱에 찼다.

검신룡이 전해준 내공이 없었다면 탈출 자체가 불가능했을 터였다.

그때 저 평원 어디선가 서의지가 쏜 보라색 광탄이 날아들어 쫓아오던 GS시리즈들의 안면 렌즈에 적중하자 차츰 추격기들이 떨어져 나갔다.

30㎞쯤 도주하자 모든 추격이 사라졌고, 권산은 제인의 부축을 받으며 겨우 정신을 차릴 수 있었다.

"제인, 서의지. 힘들겠지만 연구소로 바로 돌아가선 안 돼. 우리의 동선을 놈들이 읽을 거야. 20㎞ 정도 우회해서 흔적을 지워."

"알겠어. 그럼 권산, 너는?"

"난 탈로스를 벗고 도보로 돌아갈게. 30분 뒤에 지상 통로 앞에서 보자."

권산은 탈로스를 해제했다.

마구 파괴되고 구부러진 전면 장갑에서 겨우 빠져나와 탈로스를 아공간에 저장시켰다.

권산의 상체가 온통 각혈한 피로 물들어 그의 부상 정도가 어떤지 여실히 보여주었다.

"모두 끝까지 긴장 늦추지 말고 복귀해 줘."

"권산, 너도 힘내."

"대장 형님, 민주를 부를 테니 조금만 버티세요."

둘은 동시에 북쪽으로 탈로스를 이동시켰다.

권산은 짧은 휴식으로 회복한 내공을 겨우 다리로 옮겨

경공을 전개했다.

'무모한 정찰이었다. 하지만 적의 실체를 파악했으니 소득이 크군. 검신룡 조사님의 유해를 가지고 장난을 친 놈들은 반드시 대가를 치르게 하겠다. 천경그룹! 게오르그 슈미트!'

2장
수계

권산은 무려 5일간 마인호프의 심처에서 요양했다.

보름의 배려로 마나응집진 위에서 내상을 다스렸기에 5일 만에 겨우 회복할 수 있었다.

요양이 끝난 권산은 한층 내공이 깊어지고 무술에 대해 한 단계 진일보했음을 깨달았다.

검신룡과의 격전으로 용살검법의 이해도가 깊어졌으며, 특히 후반식의 완성된 형태를 봤기 때문에 미완의 구결을 완성할 수 있었다.

단전의 크기가 늘어나며 공력이 2갑자 반에 이르렀고, 운기조식을 취할 때 붉고 푸른 다섯 개의 고리가 형태를 이루며 머리 위에 떠올랐다.

전설로나 회자되던 오기조원의 경지.

무초식으로도 완전한 검강을 자유자재로 운용하는 검기성강의 경지이며, 화경의 중반을 넘어선 것이다.

권산은 수없이 복기한 검신룡과의 대전을 다시 상기했다.

그의 육신에 남은 백(魄)은 분명 권산이 용살문의 전인임을 알아본 것이며, 그 때문에 비무로 심득을 전한 것이 분명했다.

'운이 좋았어, 여러모로. 민 실장도 내가 회복하는 동안 일을 잘해주었지.'

민지혜는 보름과 성공적으로 협상하고 지구로 귀환한 상태였다.

드워프가 뉴어스의 건설을 맡는 대신 일부 사절단을 지구로 보내 괴수 정보와 유전 정보를 수집하고 지구 안에서 드워프 대 인간의 접촉이 필요할 경우 헬리오스가 드워프 종족의 대변인 역할을 해준다는 조건이었다.

보름은 먼저 영혼 없는 자들의 세력이 사라져야 마인호프의 드워프를 파견하여 뉴어스의 도시 건축을 시작할 수 있다고 권산을 닦달했다.

이 때문에 권산은 회복을 하는 과정 내내 정보를 수집했고, 제인과 서의지는 뻔질나게 정찰 임무를 수행해야 했다.

"그럼 대장 형님, 드디어 작전이 나왔나요?"

"그래. 고생했다, 모두들."

권산은 좌중을 돌아봤다.

일행과 아르네, 다프네 자매, 그리고 못 보던 드워프 2인이 와 있었다.

헥토르와 크라토스로 마인호프에서 지원한 두 명의 소드 마스터였다.

둘은 형제였는데 권산은 그중 형인 헥토르에게 물었다.

"마인호프의 광구 몇 개를 이용해서 적들을 손쉽게 물리칠 계획이다. 드워프족의 협조가 필요한데 네가 다리 역할을 해주겠어?"

헥토르가 고개를 끄덕였다.

"광맥의 주인께서 전폭적으로 지원하라고 하셨으니 시키시는 건 뭐든 하지요."

"그래. 먼저 작전을 설명할 테니 차분히 들어줘. 제인, 마인호프 외곽에 블러드 엘프 무리가 여전히 진을 치고 있지?"

"3일 전부터 조금씩 모여들더니 지금은 수백이나 돼. 마인호프에 접촉해 오진 않았지만, 저번에 우리를 습격한 매의 암살단이 무리에 섞여 있어. 이건 아르네가 직접 확인한 사실이야. 아마도 그 전투의 앙갚음을 위해 우리를 기다리고 있는 듯해."

"그럼 모두 이 지도를 봐줘."

권산은 자유 연합에서 하나 가져온 빔 프로젝터를 작동시켰다.

프로젝터와 WC가 무선 연동 되어 이데아가 송출한 지도가 벽면에 나타났다.

마인호프를 둘러싼 각 세력의 판도를 위성 지도에 입혀서 표시한 조감도였다.

"저 큰 붉은 원이 영혼 없는 자들의 본거지인 노천광산. 그곳에서 동쪽으로 8㎞ 떨어진 저 작은 원은 어제 서의지가 정찰로 파악한 놈들의 에너지 시설이다. 철저히 지하에 은폐되어 있는 곳을 운 좋게 잘 찾아냈다. 바로 옆에 흐르는 '검은 멧소강'의 수력을 이용해 발전을 하는 것으로 보이고, 동시에 관로를 매설해 노천광산까지 물을 끌어오고 있어. 저곳이 우리의 1차 타깃이다."

제인이 차갑게 미소를 지으며 되물었다.

"저 시설만 파괴하면 적들이 무력화되겠지만, 거기서 멈추는 건 아니지?"

"그래. 저곳이 적의 가장 중요한 에너지 시설이긴 하지만 예비 시설이 따로 있을 가능성이 높아. 적이 단숨에 무력화되지는 않을 거야. 이 작전은 양동작전이 생명이야. 또한 제3의 세력을 이용할 생각이고."

"제3의 세력이라면… 저 블러드 엘프들?"

권산은 고개를 끄덕이며 화면에 보이는 노란색 원을 가리켰다.

마인호프 옆에 진을 치고 눌러앉은 블러드 엘프 무리이다.

"먼저 나와 아르네, 다프네 자매가 유인조가 되고 나머지 전원이 공격조가 되어줘. 공격조가 먼저 1차 타깃을 공략해. 공격조의 조장은 서의지가 맡아. 에너지 시설의 내부로 들어갈 때 아무래도 지구의 구조물에 익숙한 사람이 이끄는 편이 낫겠지. 그렇게 되면 에너지 시설 쪽에서 통신으로 스키마에게 상황 전파가 될 것이고, 곧 노천광산에서 구원 병력이 출발할 거야. 나는 유인조로서 블러드 엘프를 선동시켜 뒤 구원 병력이 지나갈 만한 루트까지 유인할게. 그렇다면 두 세력을 자연스레 상잔시킬 수 있지."

이번에는 헥토르가 수염을 쓰다듬으며 물었다.

"아주 재미난 계획이군요. 블러드 엘프가 이기든 영혼 없는 자들이 이기든 결론이 나기야 나겠지만, 그건 병력을 깎아내는 수밖에는 안 되니 노천광산 본거지는 어떻게 공략할 계획이십니까?"

"그건 조금 전 말한 대로 마인호프의 드워프 광부들이 나서줬으면 해. 다음 화면을 봐줘."

권산이 손짓하자 이데아가 빔 프로젝터의 화면을 변경했다.

마인호프를 중심으로 사방으로 뻗어간 광구의 모습과 심층을 3D로 표현한 3차원 지도였다.

그 지도의 한쪽 면엔 노천광산의 위치가 표시되어 있었고, 다른 쪽 면에는 강처럼 보이는 푸른 선이 자리해 있었다.

"내가 마인호프의 광구 지도를 살피니 3광구 쪽에서 동쪽으로 광맥을 파다가 지하 수맥을 만나 광구를 폐쇄하고 방향을 튼 것으로 되어 있더군. 위치상 저 지하 수맥은 검은 멧소강의 본류가 분명해. 조금만 더 파고들었다가는 광구로 물길이 열리며 3광구 전체가 침수되고 말았을 거야. 맞나?"

헥토르가 긍정의 의미로 고개를 끄덕였다.

"광구 지도를 제대로 읽으셨군요."

"저 3광구와 7광구는 서로 연결되어 있고, 7광구는 노천 광산과 수백 미터 수준으로 근접해 있어. 자, 다음 화면."

다음은 3광구에서 지하 수맥을 터뜨려 강제로 물길을 열어주는 경우 생기는 현상에 대한 시뮬레이션 영상이었다.

단면도로 보여주어 물이 낮은 곳을 향해 흐르려는 단차를 잘 보여주었다.

3광구를 가득 채운 물은 곧이어 7광구로 넘치고 7광구의 지하 통로를 타고 노천광산의 마지막 환기구로 넘쳐흐른다.

지대 상 낮은 비탈면을 타고 이윽고 노천광산 주변의 거대 흙더미 사이를 지나 노천광산 내부로 유입되었다.

시간이 빠르게 흘러 48시간이 경과하자 마침내 직경 2㎞의 노천광산 전체가 거대한 호수가 되어버린다.

이 장대한 수공이 성공하면 영혼 없는 자들의 세력은 완전히 분쇄되고 흔적도 없이 사라진다.

"어, 엄청납니다. 이런 전술이 있었다니."

"맞습니다, 형님. 이런 건 드워프 아카데미에서도 들어본 적이 없습니다."

권산은 둘을 보며 눈을 형형하게 빛냈다.

"헥토르, 크라토스, 벌써 긴장을 풀면 안 돼. 아직 작전은 시작도 안 했어. 이제 모든 설명이 끝났으니 3광구에서 물이 넘칠 경우 마인호프를 보호할 대책이 필요해. 마구 흘러 넘칠 물길을 7광구 중에서도 노천광산 한 방향으로 집중할 방법도 필요하고. 이건 드워프들이 나서서 해결해 줘. 작전 개시는 24시간 후다."

"그 정도는 어렵지 않아요. 믿고 맡겨주시죠."

헥트로가 자신 있다는 듯 두꺼운 가슴을 탕탕 두드렸다.

다음 날.

권산은 자신의 얼굴을 빤히 쳐다보는 아르네를 보며 남모르게 한숨을 내쉬었다.

"오늘 죽을 확률이 십중팔구 할 이상이라는 말이 그렇게 듣고 싶었소?"

아르네는 다프네와 마주 보며 깔깔거리며 웃었다.

"당연한 걸요. 천하의 블러드 엘프 상위 레벨이 잔뜩 몰려왔는데 안 죽는 게 더 이상하죠. 저기에는 서열 3위인 루키우스, 2위인 술라, 1위인 그린츠가 다 있다고요. 특히 그린츠는 레벨이 150인 상위 랭커인데 저런 실력자는 권산 님도 쉽게 보셔서는 안 돼요."

"염두에 두겠소."

"하여간 이번 작전에 우리 자매를 유인책으로 배정한 건 죽어도 부활하는 게 우리뿐이라서 그런 거죠?"

권산은 쓰게 웃으며 고개를 끄덕였다.

사실이 그랬다.

가장 위험하며 죽을 확률이 높은 작전이라면 하나뿐인 생명을 가진 동료보다는 아르네 자매가 나서주는 게 낫다는 판단이 선 것이다.

홀로 블러드 엘프를 상대하려 나섰다가는 적들을 유인하지 못할 공산이 컸다.

"짐작은 했어요. 우리는 죽더라도 이번 작전은 꼭 성공시키세요. 저희도 블러드 엘프에게 쌓인 악감정이 상당하니 이번에 꼭 풀고 싶네요."

다프네가 날름 끼어들었다.

"우리에게 신세 졌다는 거 잊으시면 안 돼요. 앞으로도 따라다닐 거니까요."

권산은 이익 관계로 시작한 이들의 관계가 제법 깊어질 수도 있겠다 싶은 생각이 들었다.

한 손을 뻗어 키가 작은 다프네의 단발머리를 흐트러뜨렸다.

"이번 일이 끝나면 정식으로 동료로 받을게."

"오홍, 말투부터 바뀌는 것 봐. 흐흐, 좋아요."

다프네가 씽긋 웃어 보였다.

셋은 마인호프의 거대한 출구 앞에 나란히 섰다. 권산은 통신으로 일행에게 작전 개시 신호를 내리고 출구 옆에 선 드워프에게 눈짓을 줬다. 드워프가 개폐 장치를 조작하자 석문이 열리기 시작했다.

쿠구구궁!

석문 바깥에는 문지기 드워프와 아이언골렘들이 포진해 있었는데 아이언골렘은 가히 엄청난 전투력의 마법 병기로 블러드 엘프가 마인호프로 침범하지 못하도록 억제력을 발휘하고 있었다. 파워의 원천인 중량 덕에 이동 시 엘릭서 소모가 무지막지한지라 멀리까지 운용하진 못하고 이렇듯 문지기로 적합한 골렘이었다.

"자, 출발하자!"

권산은 탈로스를 기동시키며 문밖으로 박차고 나갔고, 두 자매는 탈것인 유니콘을 소환해서 권산의 뒤를 바짝 좇았다. 셋이 블러드 엘프 방향으로 직진하자 그쪽 진영에서 경종이 울리며 수백의 적이 우르르 몰려나왔다.

권산은 50미터의 거리를 두고 탈로스를 상체를 열었다.

한층 해체가 능숙해진 모습이다.

"이 아이템의 주인은 나다! 불만 있는 자는 나서라!"

권산은 '실크 오브 아라크네'를 들어 보이며 블러드 엘프 무리를 쓸어보았다. 유니크 아이템 특유의 광채가 권산의 손에 잡혀 번쩍거렸다. 블러드 엘프가 자신을 쫓게 된 것은 모두 이 아이템이 시발점이기에 이 아이템으로 도발을 한 것이다.

본래 주인이었다가 권산에게 격살당한 뒤 아이템을 떨군 루키우스가 분노에 몸을 떨며 앞으로 뛰쳐나왔다.

"이런 천둥벌거숭이 같은 인간 놈! 내 아이템을 챙기고 뻔뻔하게 지껄이는구나! 너 같은 놈은 불지옥 마법을 먹어봐야 얌전해지겠구나!"

루키우스가 씩씩대는 것을 하찮다는 듯 깔보며 권산은 다시금 '실크 오브 아라크네'를 들었다.

"아이템을 떨어뜨렸으면 새로 주운 자가 차지하는 게 당연하지 않은가? 내가 주인이니 내 맘대로 하겠다!"

권산은 순식간에 아이템 해체 명령어를 외쳤다. '실크 오브 아라크네'가 명령어에 반응하여 녹아내렸고, 이내 광휘 속에서 엘릭서 수정을 토해냈다. 권산은 빛을 내는 수정을 움켜쥐고 루키우스를 향해 던졌다. 그냥 던진 것도 아니다.

한껏 내력을 실어 이른바 적엽상인의 수법을 펼친 것이다.

쒜에엑!

"자, 이거 줄 테니 이제 그만 쫓아와라!"

권산의 역도가 실린 수정은 평원을 수평으로 쏜살같이 날아 루키우스의 이마에 명중했다.

"커억!"

루키우스는 빛살처럼 날아든 수정에 반응하지 못하고 이마를 얻어맞은 뒤 HP가 반 토막이 난 것을 느꼈다. 아무리 방어력이 약한 법사라지만 레벨 120의 유저의 피를 한 방에 절반이나 까버린 것이다.

"감히 내 아이템을 녹여? 이 미친놈이! 으아아악! 죽어라!"

루키우스는 분기탱천하여 헬파이어의 지옥 불꽃을 불러냈다. 하늘에서 떨어지는 멸겁의 불길이 50미터를 가로지르며 권산의 머리로 떨어졌다.

권산은 두 자매를 조금 뒤로 물리고 탈로스를 착용한 뒤 아슬아슬한 간격으로 마법을 회피했다. 루키우스는 마법사, 궁수들과 합세해 권산을 노렸지만 그가 정말 미꾸라지처럼 빠른 보법으로 피하자 노성을 터뜨렸다.

"크아악! 술라! 뭐 해! 빨리 치고 들어가 잡아!"

"안 그래도 그러려고 했어, 빌어먹을 자식아. 네가 먼저 나서는 바람에 돌격을 못 했잖아. 매의 암살단! 출격이다! 일전의 치욕을 갚아줘라!"

술라는 휘하 암살대원들을 몰아 권산에게 달려들었다. 은밀하고 민첩하기로는 둘째가라면 서러운 어쌔신 직업의 엘프들이다. 아르네와 다프네가 연속으로 트리플 샷을 쏘아왔지만, 능숙한 암살단원들은 대거를 들어 화살을 쳐내며 속도를 죽이지 않았다.

"후우! 용살검법 후반 3식 무검천류!"

권산은 남모르게 집중시키고 있던 내공을 전력으로 검에 밀어 넣었다. 블러드 엘프 무리가 수백이지만 역시 가장 염려되는 건 술라의 매의 암살단. 이들의 속공은 일단 꺾어놓고 봐야 했다.

권산의 대검이 아지랑이 속에 스며들 듯 공간 속에서 흐릿해졌다.

번쩍!

막 권산의 10미터 앞까지 전진하여 대거를 날려오던 암살단 엘프들의 목에 한 줄기 은빛 수평선이 그어졌다. 일 참에 5명의 목이 허공에 날고, 이 참에 10명의 수급이 땅에 떨어졌다. 삼 참에 20명의 허리가 동강 나며 상체와 하체가 분리되며 우수수 땅에 스러졌다.

거의 동시에 엘프들의 시신에서 마성 에너지가 솟구치며 대기로 사라졌고, 시신들은 분자 단위로 소멸하듯 사라졌다.

레벨 100대의 중상위 레벨의 엘프 유저들이 권산이 전개한 무검천류에 가공할 일격을 버티지 못하고 강제 로그아웃이 되어버린 것이다.

"아아악! 내 암살단이!"

술라는 단숨에 갈려 버린 암살단원들의 뒷모습을 보며 믿을 수 없다는 듯 연신 채팅창에 전체 메시지를 보냈으나 아무도 답장을 보내지 않았다. 역시 사망으로 인한 강제 로그아웃이 맞았다. 3레벨 다운의 패널티를 각오하고라도 인접 마을의 부활의 잎으로 곧바로 재접속하려 해도 수분이 필요했다.

권산은 바로 몸을 반전했다. 술라의 움직임은 처음부터 예의 주시 하고 있었다. 그녀의 움직임은 암살단의 단장답게 그 어느 유저보다도 날렵했다. 특히나 경시할 수 없는 것이, 순간적이지만 이형환위와 비슷한 수준의 이동 스킬을 구사하는 듯 보였다.

'상대할 필요는 없겠지.'

권산이 신호하자 아르네 자매도 활을 거두고 전력으로 유니콘을 타고 후퇴했다. 권산이 신법을 펼쳐 막 장내를 떠나려는데 무지막지한 기운이 뒤통수에 느껴졌다.

　'헛!'

　이형보를 발휘해 한 발자국 우측으로 방위를 바꾸자 대포알 같은 광채가 레이저 빔처럼 자리를 스치며 날아 땅에 부딪쳐 폭발했다.

　콰앙!

　자세히 보니 투창처럼 거대한 화살이다. 권산이 뒤돌아보자 술라의 어깨너머로 녹색 모자에 가죽 갑옷을 입은 궁수가 보였다. 바로 블러드 엘프 서열 1위인 그린츠였다. 사람 키만 한 장궁에 화살을 다시 거는데 화살이 어찌나 큰지 길이가 2미터에 이르러 보였다.

　그 순간 멈칫한 권산의 등 뒤로 노골적인 살기가 엄습했다.

　"이놈! 죽어라!"

　술라가 붉은 기운을 뿜어내며 낮게 대시해 오자 권산은 상체를 반전하며 대검을 그대로 그어 올렸다.

　그가각!

　불꽃이 튀며 술라의 '사신의 일격' 스킬이 분쇄되었다. 하지만 암살자 최고의 스킬답게 크리티컬 대미지가 터지며 고도의 발경으로도 이루기 힘든 극점타법이 권산을 10미터 전방으로 날려 버렸다.

'놀라운 위력이다. 검강이 아니었다면 오리하르콘 대검이 부서질 뻔했어.'

다시 그린츠의 화살이 날아들었다. 히든 클래스인 공성 궁수만이 익힐 수 있는 '발리스타샷'이었다. 무지막지한 파공음과 함께 날아간 화살은 권산이 아니라 다프네의 등을 관통했다.

"아아악!"

크리티컬 대미지를 입은 다프네가 유니콘에서 떨어지며 소멸했고, 유니콘도 자동으로 소환 해제 되었다.

그 순간 권산은 술라가 다시 달려들기 전에 전력으로 신법을 전개하며 멀어졌다.

쐐애액!

까앙!

그린츠의 화살이 다시 권산을 노리자 타이밍을 노려 검강으로 튕겨내었다. 그러자 그린츠는 즉시 권산을 포기하고 다음 화살로 아르네를 노렸고, 그녀 역시 발리스타샷을 피하지 못하고 로그아웃당했다.

'아르네 자매는 60레벨 중급 유저인데 한 방에 끝내다니 보통 놈이 아니군.'

권산은 100미터의 거리를 유지하며 수백의 블러드 엘프 무리를 유인했다. 술라 정도만이 한두 번 견제를 해줘야 할 뿐 탈로스까지 착용한 권산을 쫓아올 수 있는 이는 애초에 없었다. 랭킹 1위인 그린츠 역시 마찬가지였다.

―대장 형님, 응답하십시오.

서의지로부터의 통신이었다.

"기다리고 있었다. 서의지, 상황은?"

―에너지 시설을 장악했습니다. GS시리즈 10기가 배치되어 있었는데 드워프 용사들이 부상을 입긴 했지만 민주가 백업을 잘해줘서 치명적이진 않습니다.

"10기나 있었으면 제법 고전했겠군. 적에게 탐지된 시각은 업로드했겠지?"

―네.

"좋아, 주요 설비를 파괴하고 다음 집결지로 이동해."

통신을 끊은 권산은 바로 이데아를 호출했다.

"이데아, 적의 이동 시각 시뮬레이션해서 맵을 보여줘."

―네, 주인.

권산은 술라의 플라잉 대거를 탈로스의 어깨 갑주 부분

을 이용해 튕겨내며 눈꺼풀의 깜박임으로 렌즈 화면을 조작했다. 이데아에 미리 작전을 입력했기 때문에 서의지가 적과 조우한 시각과 노천광산에서 적의 구원군이 출발하는 시각이 고정 값으로 입력되어 있었고, GS시리즈의 이동 속도와 지형, 예상 동선이 변수로 덧입혀진 맵이 화면에 떠올랐다.

'내가 있는 저 붉은 점에서 북동 방향으로 10㎞ 지점이라면 적당하겠다.'

권산은 너무 빠르지도, 너무 늦지도 않게끔 지능적인 거리를 유지하며 뛰었다. 블러드 엘프들은 떨어지는 체력을 보충하기 위해 포션을 마시거나 탈것을 타고 권산을 쫓았지만, 거리가 쉽게 좁혀지지 않았다. 술라는 씩씩대며 계속 쫓아왔고, 그린츠는 코뿔소와 같은 탈것 위에서 계속 거리를 좁혀오고 있었다.

―여기에요, 주인. 예상대로라면 30초 서쪽 지평선에서 GS사의 구원군이 보일 거예요.

이데아가 카운트다운을 했고, 가설은 여지없이 맞아들어 갔다. 권산은 블러드 엘프를 뒤에 달고 로봇 군단을 향해 돌진했고, 서로 달려오는 무리였기 때문에 빠르게 조우할 수 있었다. 놀랍게도 GS시리즈의 선두에는 스키마가 이들을 통솔하고 있었다.

"드워프 전사, 감히 우리를 선제공격하다니, 간이 배 밖으로 나온 모양이구나. 거기다 엘프까지 끌어들였군."

권산은 아무런 답도 하지 않고 그들 무리로 짓쳐들었다. 스키마가 보기에는 공격으로, 뒤에서 권산을 쫓고 있는 술라가 보기에는 자신의 아군들과 합세하는 듯 보이게끔 수비적인 움직임을 구사한 것이다.

술라는 시뻘겋게 달아오른 얼굴을 악마처럼 일그러뜨렸다.

"지원군이 왔다 이건가! 모두 죽어라!"

쿠콰콰콰쾅!

마침내 GS시리즈와 블러드 엘프가 대평원의 한복판에서 조우했다. 서로가 서로의 존재에 대해 몰랐기 때문에 벌어진 기가 막힌 이이제이의 수법이었다.

권산은 권장지각을 이용해 GS시리즈 몇 대를 반파시키며 더욱 깊숙이 파고들었다. 통상의 전투라면 적의 지휘관부터 때려잡는 게 순서였지만, 지금은 스키마를 잡을 수 없었다. 블러드 엘프의 세력을 꺾어놔야 했기 때문이다.

권산은 이데아를 통해 보름에게 통신을 보냈다. '영혼 없는 자들'의 주공을 붙잡았으니 GS시리즈의 습격으로 인해 무너진 7광구를 뚫어내는 작업을 개시해 달라고 요청한 것이다. 7광구를 뚫어내면서 동시에 3광구의 수맥을 개통시키는 것이 이 작전의 핵심이었다. 이를 위한 기만책으로 에너지 시설을 파괴하고 블러드 엘프를 끌어들여 GS사의 핵심 병력을 붙잡은 것이 아닌가.

"저 엘프들을 죽여!"

스키마가 쉴 새 없이 음성 명령을 내렸고, GS시리즈의 의검과 도끼가 블러드 엘프들을 무자비하게 두드렸다. 동시에 블러드 엘프들의 몸에서는 휘황찬란한 빛이 터지며 가지각색의 스킬이 터져 나왔다. 스킬에 적중당한 GS시리즈의 장갑이 여기저기 터져 나갔다.

'벽력탄강기.'

권산은 기공의 막을 피워 올려 GS시리즈를 밀쳐내며 적극적으로 포위되는 것만은 피했다. 이제 시간 싸움이었다. 남은 건 드워프의 몫이다.

같은 시각.

보름은 수정에 대고 고래고래 소리치고 있었다. 시간이 없었다. 3광구의 제한 구역을 뚫어내고 마인호프 측에 물이 역류하지 않도록 광구 밀폐 작업을 해야 했다.

현장의 드워프들에게서 수정 통신으로 마침내 보고가 올라왔다.

―3광구 광선 파쇄기 설치 완료. 광부들 철수합니다.

―마인호프 측 3광구 폐쇄화 완료.

―7광구 부서진 광구 복원했습니다. 마지막 환풍구까지 무주공산입니다. 광부들 철수합니다.

보름은 권산에게 통신을 보내고, 짤막한 오케이 메시지를 받자 드워프들에게 명령을 내렸다.

"자! 빌어먹을 파쇄기 가동해!"

광구의 깊고 깊은 저편.

위잉!

드워프 마법 공학의 정수 중 하나인 광선 파쇄기가 가동되기 시작했다.

허공에 수평으로 뜬 보랏빛 거대 수정이 빙빙 회전하기 시작하더니 이윽고 육안으로는 잔상만이 보일 정도로 빠르게 가속했다. 족히 수만 RPM은 충분히 나갈 듯한 스피드였다.

촤앙!

거대 수정이 첨단에서 보라색 레이저를 발출하며 광맥을 뚫기 시작했다.

쿠콰콰쾅!

굳고, 탄화되고, 부서지고, 풍화되는 일련의 과정이 엄청난 속도로 이어지며 광선에 맞은 광맥이 원통 형태로 깔끔하게 개통되었다.

수분 뒤.

광맥이 50미터쯤 개통되자 드디어 '검은 멧소강'의 지하 수맥과 연결되었는지 암반에서 물이 터져 나왔다.

지하수 암반이 완전히 바스라지자 터져 나온 물은 금세 홍수가 되었고, 거대 수정을 잡아먹으며 3광구 전체로 넘쳐 흘렀다.

드워프들이 인도한 루트를 따라 7광구로 연결된 물은 노도와 같은 기세로 7광구의 마지막 환풍구로 넘쳐흘렀다.

처음엔 가볍게 넘쳤으나 이내 증가하는 압력을 이기지 못하고 폭발하듯 비산했다.

쏴아아아!

권산은 쇄심쌍장으로 GS시리즈를 밀어내며 사위를 둘러보았다.

GS사와 블러드 엘프의 전투는 이내 중반을 넘어서고 있었다.

이들을 상잔시키는 데까지 성공했고, 시간을 끌었으니 이미 목표는 120% 수준으로 달성했다.

블러드 엘프의 머릿수가 많다고 하지만, 전투의 양상을 봐서는 30분 내에 GS사가 엘프들을 전멸시킬 터이다.

엘프들의 스킬과 마법의 위력은 놀라웠지만, 블러드 엘프 병력에는 탱커 계열이 드물었다.

분류하자면 GS시리즈는 탱커와 워리어의 결합으로 이루어진 근접 계열인데 블러드 엘프는 암살자와 궁수, 마법사로 이루어진 딜러 중심이었다.

PK를 일삼는 이들이 탱커 계열 직업을 갖기는 힘들었을 터였다.

그린츠만은 공성병기급 궁수 스킬로 10기의 GS시리즈를 박살 냈지만, 마나가 떨어져 가는지 움직임이 느려졌다.

곧 잡힐 듯했다.

'지금이 적기로군.'

권산은 장내를 떠났다.

작정하고 도주하는 권산을 잡을 만큼 양쪽 세력에 여유가 있지 않았다.

스키마는 권산의 뒤를 안구형 렌즈로 쫓았으나 병력을 나누지는 못했다.

　권산은 집결지에서 동료들과 접선했다.

　"모두 무사한가?"

　서의지가 답했다.

　"탈로스를 입은 덕에 살았어요, 대장 형님. 여기 헥토르와 크라토스가 잘 싸워줘서 겨우 임무를 완수했고요. 둘과 제인이 오러 블레이드를 쓰니 GS 로봇도 부서지더라고요."

　권산은 헥토르를 보며 물었다.

　"GS시리즈의 운동 능력은 대단하지. 움직임을 잡느라 고생했겠군."

　"뭐, 별거 아니었습니다. 재빠른 게 좀 귀찮긴 했지만 여기 제인 기사께서 무릎을 다 끊어놔서 잡을 수 있었죠. 그러다 탈로스도 부서지고 제법 큰 부상도 당했지만, 여기 민주 힐러께서 고쳐주시고요."

　젊은 드워프답게 패기가 느껴지는 둘이었다.

　다만 격전의 흔적답게 탈로스가 반파되어 더 이상의 전투는 어려워 보였다.

　"둘은 복귀하고 제인과 의지, 민주만 날 따라와 줘."

권산은 셋과 함께 노천광산으로 향했다.

마지막 순간까지 긴장을 늦출 수 없는 일이었다.

노천광산에 도착하니 GS시리즈 몇 대와 차량형 로봇이 흘러들어 오는 물길을 막기 위해 언덕의 흙을 밀어서 제방을 쌓고 있었다.

노천광산을 파내며 얻은 막대한 토사를 주변에 언덕처럼 쌓아놨으니 잘만 이용하면 수계를 막아낼 수도 있을 듯했다.

"아직 적의 본대가 회군하지 못했어. 지금 저 병력만 저지하고 언덕을 사수하면 우리의 승리다."

"좋아, 이번에 내가 먼저 들어가지."

제인이 탈로스를 움직이며 거침없이 언덕으로 치고 올라갔다.

백민주는 호흡을 여러 번 맞춘 듯 그녀에게 버프 광선을 쏘았다.

그녀는 본래부터 민첩함을 기본으로 한 검술을 가지고 있었는데 약점이던 파워를 탈로스를 통해 극복하게 되자 본신의 몇 배 이상의 실력을 뿜어내는 듯했다.

GS—1의 반격을 몇 번의 흘리기로 무력화시키고 관절을 몇 군데 파손시킨 뒤 오러 블레이드를 뿜어 목덜미에 결정

타를 먹이는 패턴이 연계되었다.

권산도 경신법을 발휘해 언덕을 오르며 길을 막는 두 명의 이모탈을 꺾었다.

마지막으로 몇 기의 GS시리즈와 차량 로봇을 박살 내자 더 이상의 저항 기체는 없는 듯했다.

이들이 기껏 쌓은 제방을 무너뜨리며 권산은 동쪽을 바라보았다.

스키마를 위시한 적의 본대가 급히 귀환하는 듯 흙먼지가 올라오고 있었지만 이미 물길은 통제할 수 없는 단계까지 흘러내려 가고 있었다.

'끝났다, 게오르그 슈미트. 이제 화성에서 사라져라.'

권산은 다시 한번의 전투를 예상했지만 스키마는 물길의 통제를 포기하고 지휘소로 들어가 대형 차량 한 대를 끌고 나왔다.

차량에는 무엇이 실려 있는지 알 수 없었으나 몹시도 중요한 물건인 듯 백여 기의 GS시리즈가 그 트럭만을 호위하며 평원 저편으로 다시 사라졌다.

"동력 보충을 못 받는다면 저 군대는 오래지 않아 고물이 될 거야. 저 차량에 뭐가 실렸는지는 꼭 봐야겠어. 서의지, 네가 장거리에서 쫓아줘."

"네, 대장 형님. 일단 모두 복귀하시죠. 저는 따로 지원이 없어도 됩니다."

"그래, 30분 단위로 보고하고."

드디어 이 작은 전쟁이 끝났다.

쏴아아아!

노천광산의 그 엄청난 공사 현장으로 폭포수와 같은 물이 계속 흘러들고 있었다.

이제 이틀이면 거대한 호수로 변할 것이다.

'게오르그 슈미트의 화성 진출이 좌절되었으니 이제 지구에서도 변화가 있을 것이다. 사형들에게도 알려야겠군.'

3장
엘루시아의 방문

　수 시간 뒤, 권산이 전투의 결과를 정리해 지구로 전송하고 제곡과의 영상통화를 끝냈을 때 민지혜의 긴급한 단문 메시지가 렌즈의 중심에 나타났다.

　메시지는 믿을 수 없는 내용을 담고 있었다.

　[유럽 급변 사태 발생. GS사가 납품한 각국의 군사 로봇의 동시다발적 반란. 각국 행정부 궤멸. EU의 괴수 방벽 붕괴로 수십만 단위의 난민 발생. GS사의 유럽 장악은 기정사

실화.]

　제곡에게 뭔가 변화가 있을 것이라 말한 것이 수 초 전이
다. 그런데 이 정도의 상황이라니.

　사실 수 시간 전에 발생한 것이겠지만 지금에서야 통일한
국에서 상황을 인지한 것이리라.

　권산은 서둘러 영상통화를 연결했다.

　화면에 잔뜩 상기된 표정의 민지혜가 나타났다.

　"엄청난 일이 벌어졌군."

　─권산 님이 화성에서 GS사를 패퇴시킨 것과 이 급변 사
태가 무관치 않아 보여요. GS사는 출처 미상의 광물 자원
을 바탕으로 최근 엄청난 성장을 했어요. 군수 물자와 GS시
리즈를 엄청나게 생산해 유럽 각국에 납품했죠. 유럽은 헌
터들에게만 허용된 괴수 사냥까지 GS시리즈를 이용해도 되
게끔 헌터 법을 건드리기까지 했으니까요. 그런데 GS사의
자원 줄이 수 시간 전에 붕괴되자 아마도 슈미트 회장이 결
단을 내린 듯해요.

　"슈미트 회장은 마음만 먹으면 유럽을 장악할 수도 있다
고 말한 적이 있지. 말이 씨가 된 격이로군. 오래전부터 이
거사를 계획한 것이 분명해졌어. 영국이나 독일, 프랑스는

특히 만만한 국가들이 아닌데 어떻게 이렇게 무력하게 당한 거지?"

—GS시리즈를 너무 많이 들여온 것이죠. GS시리즈의 운영 체계 속에 숨겨진 시퀀스 코딩이 있다는 말은 제가 전에 했죠? 바로 그 루트로 원격 지령이 내려졌고, 일제히 반역 행동에 들어간 거예요. 유럽 전역에서 동시에 벌어진 것이죠.

"슈미트 회장에게 어떤 야심이 있어서 그런 일을 벌였다고 해도 괴수 방벽을 유지하지 못하면 시민들까지 살육당할 수 있어. 지금도 마찬가지 상황인가?"

화면의 민지혜가 고개를 저었다.

—그건 아니에요. 일단 복구 불가능한 방벽을 포기하고 임시적인 방어선은 그어졌어요. 내란에 투입된 GS시리즈가 전 방위적으로 외벽에 전개되었죠. 다만, 그 과정에서 엄청난 수의 난민이 발생했는데 이들을 바티칸이 흡수하고 있어요. 난민 중 대부분은 영국인이에요. 지금 상황으로 보면 사실상 영국은 끝장났어요. A급 괴수 수십 마리가 런던에 진입한 상황이에요. GS사의 방어선은 영국을 포기하는 쪽으로 그어졌고요.

"맙소사."

민지혜는 그 외의 소소한 상황을 브리핑했으나 더 이상의 중대한 정보는 없었다.

권산은 통화를 끊고 곰곰이 생각에 빠졌다.

'자원 줄이 끊기자 GS시리즈 생산을 더 지속하지 못하리라 보고 바로 승부수를 던졌군. 슈미트 회장, 이런 야심가였다니.'

권산이 민지혜와 통화를 마치자 곧바로 다른 이에게 영상통화가 걸려왔다.

상당히 의외인 것이 바로 진성그룹의 총수인 이재룡이었다.

그만큼 당금의 사태가 여러 사람에게 중요하게 작용하는 것이다.

"총수님, 건강하셨는지요."

─오랜만일세, 권산. 나로서도 이렇게 직접 연락하게 될 줄은 몰랐군.

"미나는 잘 있습니까?"

─무심한 친구야, 자네는. 미나는 나노그 프로젝트에 치명적인 위기 하나를 넘기는 중이지. 아무리 진성그룹이라도 그만한 건에 기술적인 부족함이 없을 순 없지. 까딱하다가는 우주도시가 지구에 낙하할 수 있으니 뭐든 주의할 수밖

에. 그건 그렇고, 자네는 소식 들었나?

"혹시 유럽의 급변 사태 말씀이십니까?"

—따끈한 소식인데 벌써 들었군. 그렇다면 거두절미하고 말하겠네. 내가 화성 이주 프로젝트의 성패는 교황과의 담판에 있다고 말한 것을 기억하겠지? 교황을 지렛대로 삼아 세계와 담판을 해야만 당당하게 화성 이주자를 받아 화성 프로젝트의 시민으로 삼을 수 있다는 말 말일세.

권산은 진중하게 고개를 끄덕였다.

"물론입니다. 그만한 일을 잊을 수는 없죠."

—상황이 아주 기묘하고도 급박하게 돌아가고 있네. 화성 프로젝트가 이제 초반부라는 것을 알고는 있지만, 유럽에 급변 사태가 일어났으니 이런 호기를 놓칠 수 없지. 나는 오래전부터 교황에게 끈을 대기 위해 다방면에서 로비를 해왔다네. 나름 소기의 성과가 있었는지 급변 사태 후 교황에게서 내게 바로 연락이 오더군.

이데아는 이재룡의 영상 화면 우측에 교황의 사진과 그의 프로필을 간단히 띄웠다.

역사적으로 비교적 젊은 축에 속하는 당금의 교황이었다.

레오 16세.

연령 50세의 비교적 젊은 교황.

급진적이고 호전적인 성향으로 알려짐.

카톨릭 원리에 진보적인 해석을 주장해 보수적인 추기경들에 의해 견제를 받는 상황.

"교황과 어떤 대화를 나누셨는지요?"

─사실 연락이 오는 순간 감이 오더군. 바티칸 교국은 지금 사면초가에 처해 있거든. 아무리 강대한 병기를 가진 인공 섬 국가라 해도 식량과 자원 보급은 유럽에 의존하고 있는데 지금 유럽이 GS사의 손아귀에 떨어질 상황이고, 바티칸은 이들에게 머리 숙일 생각이 없으니 문제가 터진 거지. 바티칸은 새로운 정착지를 원하고 있어. 방사능에 세계가 오염된 지금 무슨 선택권이 있겠는가. 유럽이 아니면 동아시아뿐이지.

"그럼 인공 섬을 움직여 대양을 건너 동아시아까지 오겠단 말입니까? 엄청난 계획이군요."

─전혀 뜬구름 잡는 건 아니야. 북극해를 통째로 가로지르는 북극 항로를 이용하면 어찌어찌 올 수는 있지. 더구나 이미 바티칸에는 수십만 명의 난민의 유입되고 있어. 거기

다 점점 더 불어나고 있지. 이들을 바다 속에 처넣을 수 없다면 그 위험한 항해라도 시도하겠다는 것이 레오 교황의 생각이야. 교황은 나 말고도 동아시아 각국의 유력자에게 지원 요청을 한 모양이지만, 하나같이 거절한 모양이더군.

권산은 이해할 수 있었다.

괴수들이 장악한 대평원을 방어하는 것만도 각국은 힘들다.

거기에 지금은 펜리르라는 악성 헌터들까지 날뛰지 않는가.

자국민도 먹여 살리기 힘든데 수십만 명 단위의 난민이라니.

"정황을 보자면 총수님께서 교황과 손을 잡으신 거로군요. 협상 내용은 어떻게 됩니까?"

─그래, 손을 잡았네. 이건 내 사업적인 감각에서 보건대 쉽게 오기 힘든 호기야. 내가 나서서 만든 기회도 아니고 하늘이 내려준 천운이지. 나는 교황에게 하나의 영상을 보냈네. 바로 자네가 화성에서 겪은 탐험 영상 중 엑기스만 추려서 편집한 버전이지. 나는 교황에게 난민들을 화성으로 이주시키자는 제안을 했네. 그리고 자네가 허락한다면 바티칸의 인공 섬을 오키나와 인근 바다에 정박시킬 거

야. 운이 좋게도 호리곡에서 바다는 그리 멀지 않거든. 조금만 공사를 하면 인공 섬 바티칸과 물류를 연결시킬 수 있지. 어떤가. 교황의 세력을 받아들여 호리곡을 중심으로 국가를 선포하는 것은.

권산은 잠시 생각에 잠겼다.

호리곡의 비밀이 언제까지나 지켜지리라 장담할 수 없었다.

때가 되면 중국과 일본, 한국에서도 호리곡의 위치를 인지하고 어떤 식의 견제를 해올지 모르며, 이때 군사적인 옵션 없이는 좋은 끝을 보기 힘들 것이다.

'확실히 기회는 기회로군.'

권산은 생각을 정리했다.

난민들을 1차적으로 호리곡에서 수용한다.

그리고 희망자에 한해 화성으로 이주시킨다.

이들이 화성에 건설한 뉴어스의 정착민이 될 것이다.

아주 짧은 시간 안에 도시가 생겨나며 국가의 기틀이 성립할 것이다.

바티칸이 보유한 수십 척의 항공모함이라면 지구 국가의 견제에서도 자유롭다.

이 무력을 기반으로 지구에 화성 이주가 가능함을 대대

적으로 선전하고 방사능에 오염된 전 지구인에게 행성 이주의 기회를 제공한다.

이렇게만 된다면 그야말로 화성 프로젝트의 성공이다.

"조금 성급한 감은 있지만… 총수님의 의견에 따르죠. 다만 우주 국가를 선포하는 것은 바티칸의 인공 섬이 호리곡 인근에 도착한 뒤에 하겠습니다. 그때가 되면 직접 지구로 건너가 교황을 만나 뵙죠. 다리를 놔주십시오.

─그러세. 그럼 나는 준비를 좀 하지. 앞으로 많이 바쁠 것 같아. 통일한국 정부에서도 지금 나를 찾고 있거든. 유럽 사태에 대해 어떤 대책을 세우기 위해서겠지.

"그럼 고생하십시오."

권산은 영상통화를 종료했다.

짧은 시간에 뭔가 급격하게 전개되는 모양새였다.

GS사의 화성 광산을 파괴하자 유럽 사태가 일어났고, 유럽 사태가 일어나자 바티칸이 지중해를 이탈해 동아시아로 온다고 한다.

바티칸이 싣고 올 수십만 명의 난민은 동시에 화성 이주민이 되어 방사능도 없는 이 붉은 대지에 정착한다.

권산은 이재룡과 협의된 바에 대해 간단히 정리하여 제곡에게 메시지를 보냈다.

호리곡도 준비가 필요하기 때문이다.

권산이 막 전송을 끝냈을 때 누군가 노크했다.

"권산, 있는가? 보롬일세."

"들어오십시오."

보롬이 활짝 웃는 낯으로 들어와 권산의 앞 의자에 마주 앉았다.

"자네에게 좋은 소식을 전해줌세."

"좋은 소식이라면……."

"운영자가 자네를 보고 싶어 하네."

"아리아 총독이요?"

권산은 놀라운 마음을 감추지 못했다.

물론 엘프의 최고 지도자를 만나기 위해 아케론에 왔지만, 엘프들의 배타적인 성향상 쉽게 이루기 힘들다고 생각하고 있던 차다.

"나도 연락을 넣기는 했지만, 이렇게 전격적으로 운영자가 직접 올 줄은 몰랐네. 자네는 사상 최초로 엘루시아에 가는 인간이 되는 셈이지."

"그럼 엘루시아까지 제가 가면 되는 겁니까?"

보롬이 껄껄껄 웃어젖히더니 한 손을 뻗어 권산의 어깨를 두드렸다.

"말하지 않았나. 운영자가 온다고. 그녀는 엘루시아와 함께 우리 마인호프로 올 거라네. 사실 엘루시아는 땅에 고정된 도시가 아니야. 하늘을 부유하는 천공 섬이지. 이건 비밀이라네. 이걸 자네에게 말할 수 있어 참 다행이 아닐 수 없네. 운영자가 허락했으니."

상상하지도 못했다.

하늘을 떠다니는 천공 섬이라니.

아무리 마법의 힘이 있다 한들 도시 단위의 중량물을 공중에 체공시킬 정도면 뭔가 대단한 마법이나 그에 준하는 기술력이 들어갔을 터이다.

"자, 그럼 이틀 정도 뒤면 도착하니 편히 쉬고 있게나."

보롬이 돌아가자 권산은 가부좌를 틀고 명상을 하며 생각을 정리했다.

일단 엘프의 지도자를 만난다는 소기의 성과는 달성할 수 있게 되었다.

운영자는 권산 일행이 벌인 사건의 전말을 보고 받고 흥미를 느낀 게 분명했다.

블러드 엘프 수백을 소탕한 것이 그녀의 관심을 끌었는지, 지구의 연원인 영혼 없는 자들의 세력이 궁금한 건지는 아직 알 수 없었다.

서의지가 영혼 없는 자들을 추적했지만, 추적한 지 3시간이 넘어가자 탈로스의 엘릭서 고갈 경고가 뜨는 바람에 아쉽게도 돌아와야 했다.

지금으로선 스키마와 소수의 GS시리즈, 그리고 의문의 차량 정도만이 잔존 세력으로 남아 대평원 북동쪽 어딘가에 틀어박혀 있을 터이다.

'위성으로 찾아내 보는 수밖에 없군.'

마지막으로 권산의 뇌리를 차지한 것은 조금 전 계정으로 접수된 이메일 한 통이었다.

발신인은 김시영 박사, 내용은 캐피탈의 황궁 탐사 결과 보고서였다.

암천마제의 마지막 모습과 흔적을 찾아보고자 권산이 제도의 탐색을 부탁한 바가 있는데 이에 대해 자료 수집이 끝난 모양이다.

지구의 급변 사태와 교황과의 연수는 화성 프로젝트의 성공을 위해 필요하지만, 김시영 박사의 리포트는 사문의 원수인 암천마제의 종적을 찾아내는 발걸음이었다.

만약 그가 아직도 화성에 생존해 있다면 권산이 추구하는 우주 국가의 기틀은 암천마제의 초월적인 무력에 모래성처럼 무너질 수 있었다.

리포트의 내용은 제도 캐피탈의 지도와 면적, 황궁의 내부 구조부터 시작했다.

그리고 제국의 권력 관계도 역시 별첨되어 있었다.

그러나 핵심 내용은 명예의 전당 내부 사진과 황궁에 전시되어 있는 리처드 시황제의 초상화였다.

명예의 전당.

제국의 역사에 등장한 많은 영웅이 청동상으로 제작되어 명예의 전당 내부에 전시되어 있었는데 그중 가장 거대하며 가장 깊숙한 명당에는 시황제의 전신상이 당당히 서서 관람객을 맞이하고 있었다.

'리처드 시황제.'

그는 중후하며 잘생긴 노년의 남성상으로 조각되어 있었다.

이목구비의 뚜렷함과 형상으로 보건대 유럽 아리안 계열의 혈통으로 보이는 건장한 노인의 모습이다.

멋스럽게 넘긴 모발과 적당한 길이의 수염, 당당한 풀 플레이트 메일을 착용한 그 모습은 전장의 신으로 군림한 그의 위세를 당당하게 보여주고 있었다.

권산은 그 모습에서 기묘한 기시감이 들었다.

색채가 없는 청동상이기에 정확하진 않지만 저 얼굴이 왠지 익숙한 것이다.

'다음은 황실 초상인가.'

권산은 화면을 넘기며 리처드의 황실 초상을 확인했다.

화성에 인간의 제국을 세우고 피의 통치를 한 불사의 황제 얼굴이다.

권산은 그의 얼굴을 보고는 순간적으로 피가 식는 듯한 느낌이 들었다.

기시감의 정체는 명확해졌다.

초상화의 인물은 권산이 아는 얼굴이었던 것이다.

"이데아, 슈미트 회장과의 안면 일치도를 분석해 봐."

—조각상의 3차원 스캔 결과와 유화를 종합해 본 결과 일치도 96%예요.

"96%는 어느 정도로 신뢰할 수 있는 데이터지?"

—쌍둥이가 아니고서는 나오기 힘든 값이죠.

권산은 리포트의 나머지 부분을 빠르게 훑었다.

자비에 포럼에서 겪은 김시영 박사의 경험과 제국의 정보에 대해 추가되어 있었지만 안타깝게도 더 이상 읽어볼 기력이 없었다.

'맙소사, 이제 모든 것이 설명되는군. 어째서 슈미트 회장이 그런 급변 사태를 일으켰는지……'

암천마제가 천 년간 벌인 무차별적인 살육에 이유란 없었다.

놈은 기본적으로 파괴의 화신 그 자체였다.

백 년 전 지구 멸망의 트리거 역할을 한 것처럼 이번에도 전 지구적인 대학살을 유발할 가능성이 농후했다.

그래도 설명되지 않는 부분이 있었다.

화성까지는 엑소더스선을 타고 우주 항행을 해서 온 것이지만, 어떻게 지구로 되돌아간 것이란 말인가.

"이데아, 김요한 박사님께 연락해서 화성에서 지구로 귀환할 수 있는 우주선이 NASA에 준비되어 있었는지 물어봐 줘."

―네, 주인.

잠시 뒤 김요한 박사에게 메시지가 회신되었다.

[귀환선 준비된 적 없음. 당시 NASA는 우주선을 편도로 화성으로 보낼 기술력만을 가지고 있었음. 화성에서 지구로 로켓을 발사하는 경우에 대해서는 무인 실험도 진행한 바 없음.]

권산은 민지혜에게 다시 영상통화를 연결했다.

그녀에게 슈미트 회장의 정체가 암천마제라는 사실을 전했다.

—정말 놀랄 노 자네요. 게오르그 슈미트사가 무슨 이득이 있다고 그런 사이코 짓을 벌이는가 했는데 다 암천마제의 변태적인 파괴욕 때문이었다니⋯⋯. 그건 그렇고, 천경그룹이 왜 GS사와 연수했는지 설명도 되네요. 원래 천경그룹이 암천마제 추종 세력인가 뭐 그런 거였잖아요. 용살문에도 이 소식을 전할게요. 또 GS사의 화성 병력이 어디로 도주했는지 위성으로 한번 찾아보고요.

"그래. 그놈들이 화성에 있는 이상 암천마제의 눈과 귀가 내 옆에 있는 것과 같아. 먼저 잡아내야겠지. 그런데 민 실장에게 내가 물어볼 게 있어."

—편하게 물으세요.

"GS시리즈의 숨겨진 시퀀스 코딩이 있어서 그걸로 반역 지령이 내려졌고, 동시에 유럽을 장악한 것이면 우리 측에서 이 루트를 해킹해서 GS시리즈에 행동 지령을 내릴 수도 있지 않을까?"

—음, 기본적으로는 가능해야 하는데⋯ 문제가 좀 있어

요. GS사는 독자적인 기계어 체계를 가지고 로봇의 운영 체계를 만들었어요. 범용 언어가 아니기 때문에 일단 해킹은 어려워요.

"그 영국의 자살당한 엔지니어는 GS-1을 해킹하는 데 성공했잖아. 그건 어떻게 한 거지?"

─그건 그 엔지니어가 GS사의 기계어를 해석하는 데 성공한 게 틀림없어요. 그리고 범용 언어로 해킹할 수 있게끔 컴파일러를 만든 거죠. 그다음 보안 툴을 뚫어내는 건 그 정도 실력의 해커라면 어렵지 않았을 거예요. 저로서도 수년간 매달려 있어도 될까 말까 한 일인데 해커 업계에는 대단한 업적을 남긴 거죠.

"그자의 컴파일러를 찾을 수 있다면 가능할 수도 있다는 이야기로군."

─그건 이미 시도하고 있어요. 엔지니어의 노트북이 은밀히 블랙마켓에서 거래되고 있다는 정보는 입수했는데 아직 소재 파악은 못 한 상태예요.

권산은 본능적으로 강한 직감이 들었다.

암천마제 1인도 감당하기 어려운 무력의 소유자인데 수천 대의 GS시리즈까지 적으로 돌리면 이미 승산은 없다.

최소한 GS시리즈는 무력화시킬 방도가 필요했다.

"그 노트북을 찾아. 용살문의 정보대를 사용해도 좋아. 무력이 필요하다면 나를 지구로 호출해."

―알겠어요. 특급 미션이군요. 당장 착수하죠.

민지혜와의 영상통화가 끝났다.

권산은 머리가 복잡했다.

그러나 하나하나 풀어가야 할 때였다.

*　　　　　*　　　　　*

하루가 더 경과했을 때 엘루시아가 마인호프 상공에 나타났다.

상상하기도 어려운 거대한 힘이 산처럼 거대한 섬을 허공에 들어 올렸고, 섬은 운무에 휘감겨 그 전체 모습이 제대로 보이지 않았다.

엘루시아에서는 감미로운 음률과 노랫소리가 아스라이 들리고 원통형 노란색 광휘가 지면을 향해 쏘아졌다.

"권산, 저 빛 속으로 들어가게. 엘리시아로 들어가는 천공의 계단이지."

권산과 서의지, 백민주와 제인이 모두 빛의 기둥으로 들어갔다.

빛은 부드럽게 일행을 감싸더니 천천히 엘루시아로 모두를 끌어당겼다.

중력을 거스르는 듯한 체공감은 전혀 없는데 분명 몸은 허공으로 떠올랐다.

'신기한 느낌이군.'

빛의 종착지에는 노란 룬어가 새겨진 마법진이 있었다.

마법진의 옆에는 수십 명의 엘프 궁수가 열을 맞춰 서 있었는데 놀랍게도 아르네, 다프네 자매가 그곳에 있었다.

"권산 님, 성공하셨군요."

"대단하세요."

권산은 살짝 고개를 끄덕여 둘에게 인사를 건넸다.

그녀들은 권산이 아리아 총독을 만나고 싶어 한다는 것도, 엘리시아의 위치도 알고 있었지만 엘프족의 비밀을 엄수하기 위해 이를 비밀로 했다.

하지만 블러드 엘프의 소탕으로 권산이 엘프 사회의 관심을 끄는 데 성공하자 당당히 엘루시아에서 그를 맞이한 것이다.

"이쪽으로 오시지요, 인간의 기사여."

녹색 머리를 한, 눈이 부실 듯 아름다운 엘프가 나서서 일행을 안내했다.

"저는 센티넬의 리더인 세포네입니다. 운영자께서는 권산 님께 큰 흥미를 가지고 계십니다. 제가 직접 운영자가 계신 곳까지 안내하지요."

권산의 옆으로 따라붙은 아르네가 센티넬은 엘루시아를 지키는 경비대 이름이라 살짝 귀띔해 주었다.

대리석과 고목으로 이루어진 숲길을 지나 거대 물푸레나무 군락지로 들어섰다.

나무 사이사이에는 팔작지붕처럼 처마가 들린 목조 건물이 즐비했는데 그중에서도 유독 거대한 건물이 하나 있었다.

'저곳이 운영자의 집무실인 모양이군.'

건물로 들어서자 큰 중앙의 홀에 꽃을 가꾸고 있는 백발의 엘프가 보였다.

건물 속까지 햇빛이 들어오는 것을 보니 지붕의 중앙이 뚫려 있는 구조인 모양이다.

엘프는 숙인 허리를 펴며 권산을 직시했다.

그녀는 지금껏 본 엘프와는 다르게 나이가 좀 들었는지 중년의 모습을 하고 있었다.

"권산 노스랜더 공작, 아주 멋진 분이 찾아오셨군요. 나는 그대가 어째서 나를 만나고 싶어 하는지 이미 알고 있답니다. 내가 궁금한 건 어째서 인간에게 그 물건이 필요한가 하는 거예요. 그 답을 해주겠어요?"

아주 직설적인 화법이었다.

그녀 정도의 위치라면 권산에 대해 알고자 하면 젤란드 영토를 벗어난 순간부터 지금까지의 행보에 대해 속속들이 아는 것은 어렵지 않았을 터이다.

우드 엘프든 블러드 엘프든 여행 중에 그들과 접촉하고 나면 이 유희의 세계를 유지하는 미미르 시스템에 감지되게 되고, 결국 시스템 안에 로그로 남는다.

이 정보는 운영자가 원할 시 얼마든지 볼 수 있을 것이다.

권산은 아무런 대답 없이 몸을 돌려 백민주를 바라보았다.

그러고는 살짝 미소를 지으며 고개를 끄덕이자 백민주가 마인호프에서 특별히 가져온 일련의 도구들을 테이블 위에 늘어놓았다.

"대화가 길어질 듯하니 뭔가를 마시면서 얘기했으면 합니다. 제게 제법 자랑할 만한 커피 원두가 있는데 어떠십니까?"

권산은 민지혜의 특별 로켓 배송으로 공수받은 지구산

최고급 커피 원두 10종이 있었다.

지금 아리아의 분위기는 일견 부드러운 듯하지만 그 속에는 대단한 경계심이 숨어 있다는 것을 권산은 눈치채고 있었다.

어차피 엘프족과의 협상은 처음부터 쉬운 일이 아니었다.

가벼운 티타임을 통해 일단 아리아의 성향을 파악하는 게 우선이었다.

"제가 지독한 커피 마니아라는 것을 알고 말했다면 정보력이 아주 뛰어난 분이 분명하군요."

백민주는 손수 원두를 그라인딩하고 뜨거운 물로 필터에 걸러 빠르게 두 잔의 드립 커피를 뽑아내었다.

그녀가 찻잔에 담아 테이블로 가져오자 그 그윽하고 감미로운 향에 아리아의 표정이 봄볕에 눈 녹듯 부드럽게 풀렸다.

"정말 최고의 원두로군요. 이름이 있나요?"

"코피 루왁입니다, 운영자시여."

아리아는 가볍게 입술을 대어 시음하고는 조금 더 마시며 혀를 축였다.

"캐러멜, 초콜릿, 풀 냄새가 은은히 나는군요. 신맛이 적절하게 배합되어 아주 깊고 중후한 바디가 느껴져요. 이런 극상품을 먹어볼 날이 오다니 오늘이 바로 제 행운과 마법의 날이로군요. 신은 인간에게 불과 커피를 선물했다고 하죠. 우리 알프하임에서 재배되지 않는다는 게 안타까울 뿐이에요."

권산 역시 잔을 들어 가볍게 커피를 마셨다.

안타깝게도 먹을 만하다는 것만 알 뿐 이것이 특상품인지 하품인지 구별할 능력이 그에게는 없었다.

권산은 아리아의 눈을 지그시 응시했다.

"이 커피는 화성 땅에서 가져온 것이 아닙니다. 그대들이 미드가르드라 부르는 곳에서 자라고 가공한 것이죠. 신뢰의 증표로 미드가르드의 최상품 원두 10종을 선물하겠습니다, 운영자시여."

권산은 원두 꾸러미를 통째로 들어 아리아의 옆에 시립한 세포네에게 넘겼다.

아리아의 표정이 묘해졌다.

혜성처럼 등장한 인간의 강자에 대해 알아보긴 했지만, 그 출신지가 지구였다니.

지구인의 과학 수준에 비춰보자면 세계를 이동하는 건 결코 쉬운 일이 아니었다.

"그렇군요. 그랬어. 화성에 내가 모르는 커피가 있을 리

없지. 자, 지구인 권산이여, 그대가 세계를 넘어온 긴 여정의 목적과 성약을 찾는 이유에는 아주 특별한 것이 느껴지는 군요. 커피를 선물 받은 대가로 나의 한 시간을 내어주겠어요. 그대가 가진 목적과 내게 원하는 바가 무엇인지 정확히 말해보시죠."

"성약부터 말씀드리죠. 저의 스승은 모종의 정신계 공격에 당한 뒤 현재 죽음에 가까운 가사 상태에 빠져 있습니다. 스승을 회복시키기 위해서 성약이 필요합니다. 전설과 같은 효능이 있다면 말이죠. 성약을 가지고 계십니까? 성약은 무한한 생명력의 원천이 맞습니까?"

아리아가 손가락을 딱 하고 튕기자 그녀의 왼쪽 공간이 열리며 물방울처럼 유려한 곡선을 가진 작은 유리병이 나타났다.

그 속에는 피처럼 붉은 액체가 담겨 있었다.

'성약.'

"이것이 바로 당신이 찾는 것이죠. 세계수의 잎사귀를 먹고 자란 에이크시르니르의 뿔. 그 뿔을 갈아 무한한 생명력의 정수로 만들어낸 것이 바로 이것입니다. 헬 여왕의 낙인이 찍혀 니플하임의 주민이 되었더라도 이것을 마시면 우주적인 힘이 작용하여 죽음에서 소생할 수 있죠. 그래서 당신의 물음에 대한 대답은 '있다', 그리고 '맞다'입니다."

권산은 너무도 시원스럽게 대답하는 아리아를 보며 의아한 생각이 들었다.

대단한 비밀로 생각했는데 엘프들에게 저 성약은 흔한 물건이라도 되는 것일까.

"그렇다면 제가 그것을 얻을 수 있겠습니까?"

"아니요. 드릴 수 없어요."

아리아의 표정은 단호했다.

권산은 슬며시 분기가 치미는 것을 느꼈다.

어차피 이런 식으로 말할 작정이라면 보여주며 운을 뗄 이유가 없는 것이다.

"저는 큰 대가를 치를 용의가 있습니다. 성약의 가치가 엘프 사회에서는 어떤 정도입니까?"

"어떤 가치로도 살 수 없는 정도지요. 본래부터 개체수가 적던 에이크시르니르는 500년 전의 알프하임 내분 중에 멸종했으니까요. 평화롭고 이상적인 체계가 없는 어둡던 그 시절에 이 사슴종의 멸종을 지키지 못한 것은 두고두고 안타까운 일이 되었죠. 그러니 약은 더 이상은 만들 수 없어요. 제가 가지고 있는 것도 알프하임을 통틀어 겨우 전승되는 몇 병 중의 하나랍니다. 제 출신인 아라 부족의 신물이

기도 하고요."

권산은 가슴이 턱 막히는 것을 느꼈다.

그 정도로 중한 물건이라면 협상이 될 리가 없었다.

이건 작전 타임이 필요했다.

눈 깜박임과 손짓을 이용해 렌즈 화면을 조정하고 운영자와의 대화를 빠르게 편집해 이데아를 통해 민지혜에게 전송했다.

아직 한 시간은 많이 남아 있었다.

화제를 돌릴 필요가 있었다.

"성약에 대한 이야기는 조금 뒤에 마저 하지요. 제가 엘프족의 리더께 제안드릴 것이 또 있습니다."

"무엇인가요?"

"저는 지구인들을 화성으로 이주시켜 하나의 국가를 세울 생각입니다. 일단 뉴어스라는 도시를 근거지로 하여 도시 국가의 초기 단계부터 밟아갈 계획입니다. 국가의 이름은 헬리오스라 합니다. 저는 헬리오스의 수반으로서 아케론과의 동맹을 공식적으로 제안합니다."

"연대를 하고 싶다……. 정체 모를 인간 무리가 젤란드와 아케론 접경에서 몬스터를 토벌하고 개척촌을 규합하고 있다는 건 알고 있었어요. 그게 당신의 세력이었군요. 그렇다

면 헬리오스는 바로 그 아케론 변방에 영토를 갖겠다는 것
인데, 우리 엘프 입장에서는 성가시기 그지없는 일이에요.
때로는 인간족과 적대적이 되어 전쟁도 불사하는 상황인데
과연 미드가르드 출신의 인간이라고 다를까요?"

권산은 빙긋 웃었다.

이것에 대해서는 준비된 말이 있었다.

"이곳에서 유희를 즐기는 엘프들에게는 성가시다고 하는
게 적절한 표현이겠지요. 하지만 우리와 동맹이 되시면 두
가지 좋은 점이 있습니다."

"흥미롭군요. 들어보도록 하죠."

"지구에서 화성으로 넘어온 세력은 우리 헬리오스뿐이
아닙니다. 게오르그 슈미트사라고 하는 지구의 군수 회사
도 모종의 방법을 통해 건너왔죠. 이것은 따로 보고를 받으
셨을 것 같습니다만?"

아리아가 고개를 끄덕였다.

수백의 블러드 엘프 아바타를 압도하며 쓸어버린 로봇 군
단에 대한 정보는 이미 수집한 뒤였다.

영혼 없는 기계 생명의 전투력은 레벨 100의 전사 유저를
가볍게 상회하는 수준이었다.

"물론 알고 있어요. 당신이 드워프족과 연수해서 그들의

본거지를 수장시킨 것도요."

"바로 그 GS사의 잔당이 아직 평원 어딘가에 숨어 있습니다. 모종의 4차원 통로, 다른 말로 비프로스트 게이트를 아직도 가지고 있는 것으로 보입니다. 그 말은 언제든 지구에 대기하는 수천 대의 GS시리즈를 화성에 투입시킬 수 있다는 말과 같죠. 그 정도 전력이면 아케론 전체가 전쟁의 참화에 말려들 수 있습니다. 극단적인 가정이지만, 미미르 시스템까지 파괴될 수 있죠. 어떻습니까? 이것이 더욱 성가신 일이 아닙니까? 화성에서든 지구에서든 GS사를 견제할 수 있는 세력이 필요하지 않겠습니까?"

권산의 언변에 아리아가 흔들렸다. 다른 부분은 전혀 귀에 들어오지 않았지만, GS사가 비프로스트 게이트를 가지고 있다는 부분이 걸렸다.

'미드가르드와 스바탈하임에는 비프로스트 게이트가 남아 있었던 모양이군.'

아득한 과거.

아스신족이 태양계를 지배하기 위해 각 행성마다 설치한 신들의 이동 통로 비프로스트 게이트.

신족만이 보유한 특별한 단백질 아미노산이 없다면 게이트를 통과하는 과정에서 영혼이 분리되어 죽음을 맞게 설계되어 있었다.

엘프와 드워프의 세계에 있던 비프로스트 게이트는 아스 신족이 회수하여 수성으로 가져가 버렸기에 알프하임에는 기록으로만 남아 그 존재가 전승된 신급 아티팩트였다.

"그들을 잡아내기만 한다면 비프로스트 게이트를 확보할 수 있겠군요."

권산은 아리아의 눈치를 살폈다.

비프로스트 게이트에 관심을 보이는 게 노골적으로 느껴졌다.

"물론입니다. 비프로스트 게이트만 확보하면 GS사가 화성에 오는 것을 막을 수도 있겠죠. 어떠십니까? 우리 헬리오스와 손을 잡고 이 일을 해보시죠. 성공만 한다면 동맹의 증표와 전리품으로서 게이트를 드리겠습니다."

아리아는 흔쾌히 고개를 끄덕였다.

"비프로스트 게이트를 확보할 수 있다면 동맹으로 받아줄 생각이 있어요. 그런데 또 다른 좋은 점은 무엇이죠?"

"우리 세력권의 모처에 지구로 통하는 4차원 통로가 있습니다. 어떤 이는 세계수의 뿌리 길과 같다고 하더군요. 우리 헬리오스는 이 통로를 매개로 지구와 화성에 동시에 건국을 할 작정입니다. 우리를 징검다리로 삼아 미미르 시스템을

지구까지 확장해 보시죠. 지금 지구는 몬스터 따위는 비교
도 되지 않는 기괴한 괴수들로 넘쳐납니다. 훨씬 재밌는 유
희를 제공할 수 있을 거라고 봅니다만?"

"미미르의 유희를 지구까지 가져간다……. 생각지도 못한
부분인데… 흠."

50년 전 엘프족은 세계수의 마력을 우주 공간에 투사해
화성까지 마력의 끈을 연결해 아케론을 재창조하는 데 성
공했다.

그러나 그런 방식으로는 지구까지 너무 멀었다.

하지만 권산이 제안한 방법대로라면 세계수의 길을 이용
해 마력을 전달하고 지구에서 엘프족 아바타가 활동할 수
있게끔 미미르의 영향권을 확장할 수 있을 터이다.

"반대로 우리 헬리오스의 주민들이 드워프족이 그러한 것
처럼 아케론의 엘프들이 필요한 여러 가지 물품이나 식량
을 공급할 수도 있을 거라 봅니다. 이런 커피도 그중 하나겠
지요."

일종의 무역을 트자는 제의였다.

어차피 헬리오스는 앞으로 제국이나 왕국들에게 엄청난
견제를 받게 될 것이다.

그 위기를 넘기려면 엘프와 손을 잡는 건 필수였다.

"좋습니다. 얼마나 우리를 재밌게 해주는지는 지켜보겠어요."

동맹이 성사되었다.

권산은 슬며시 렌즈 화면을 넘겨 민지혜에게 메시지가 왔는지 살폈다.

아직 아무런 답장이 없었다.

그녀 나름대로 성약을 받아내기 위해 모든 수를 검토하고 있을 것이다.

조금 더 시간이 필요했다.

권산은 화기애애한 분위기 속에서 백민주가 가져온 두 번째 커피를 마시며 다시 입을 열었다.

"제가 궁금한 것이 있습니다."

"무엇이지요?"

"우리 지구 쪽의 기록에 의하면 100년 전 화성에 초인급의 강자 한 명이 넘어갔습니다. 이곳에서는 불사의 황제로 통하더군요."

아리아의 얼굴이 급격히 어두워졌다.

분노와 공포가 아름다운 얼굴에 드리워졌다.

"종말자 리처드를 말함인가요?"

"그렇습니다. 엘프들에게는 종말자라 불리는 모양이군요."

"한낱 인간이면서 신족조차 죽일 수 있는 강함을 갖춘 것은 아마 그자뿐이겠죠. 아케론에 미미르의 세계가 펼쳐질 초기에 우리 엘프족이 그자와 싸운 적이 있어서 잘 알고 있어요. 우리 종족 최강급에 속하는 저조차 리처드의 손에 열 번도 넘게 로그아웃되었죠. 그자 때문에 하마터면 화성에 정착도 못 하고 천문학적인 마력 낭비만 한 채 미미르 계획이 실패로 돌아갈 뻔했지요."

아리아는 분기에 찬 어조로 중얼거렸다.

권산은 그 이후의 이야기를 대략 알고 있었다.

오크족을 규합한 리처드가 아케론을 침공했고 어떤 결전이 벌어진 뒤 갑자기 행적이 묘연해진 것이다.

그리고 그는 지구에 있었다.

슈미트 회장이 되어서.

"바로 그가 벌인 마지막 결전에 대해 여쭈어도 되겠습니까? 그때 무슨 일이 있었습니까? 그 뒤 그의 행적에 대해 아십니까?"

아리아가 한숨을 내쉬었다.

그녀로서는 떠올리기 싫은 악몽인 모양이다.

"엘루시아 공방전을 말하는 것이군요. 그는 블랙 오러를 기반으로 하는 전투술을 썼어요. 그자의 손에 수천 명의 엘프가 차례로 로그아웃되었죠. 그가 데려온 오크병단은 수만 명의 엘프가 친 방어선을 뚫지 못했지만 우리로선 최선봉의 리처드를 잡아낼 방법이 없었어요. 하지만 제게는 비장의 무기가 있었죠. 알프하임 최강으로 통하는 비밀스러운 집단인 발키리아 팀을 불렀으니까요. 최소 200년을 수련하고 불가능에 가까운 4대 관문을 통과해야만 발키리아가 될 수 있죠. 총 일곱 명이었던 그녀들은 전원 그랜드마스터급에 올라 있었고, 7서클 마법까지도 발현 가능한 드워프제 군장을 착용했어요. 전력을 발휘하기 위해 직접 우주선을 타고 공허의 바다를 지나 스바탈하임에 도착했죠. 저는 정말로 확신했어요. 일곱 명의 발키리아라면 종말자도 죽일 수 있을 것이라 믿었죠."

"하지만 결국 죽이지 못했군요."

"그래요. 수 시간의 전투 끝에 전멸한 것은 오히려 발키리아 쪽이었어요. 마지막 발키리아의 궁극기를 막아낸 종말자는 그녀의 심장을 터뜨리며 이런 말을 하더군요."

권산은 특별한 답변 없이 아리아를 응시했다.

말을 해보라는 제스처였다.

아리아가 입을 열었다.

엘프의 뛰어난 기억력에 저장된 공포스러운 목소리가 그

녀의 입을 빌려 흘러나왔다.

"조금 재밌었다. 더 재밌는 게 남아 있으면 얼른 내놓아라."

"저를 포함해 모든 엘프들이 좌절하자 종말자가 갑자기 이해하기 어려운 제안을 했어요. 발키리아가 타고 온 우주선을 자신에게 달라는 것이었죠. 우리로선 선택의 여지가 없었기 때문에 우주선을 넘기고 우주선의 메인 시스템이 그의 말을 따르도록 설정했죠. 엘루시아 공방전은 명백히 우리의 패배였지만, 전투의 끝에서 종말자가 우주선을 타고 떠나 버리자 모든 것이 제자리를 찾았죠. 오크병단은 해체되고 우린 다시 아케론의 접경까지 그들을 밀어냈으니까요. 그 뒤로 종말자의 행적은 모르고 있죠."

모든 전말이 이해되었다.

암천마제는 엘프의 우주선을 타고 지구로 복귀한 것이다.

처음부터 지구로 복귀한 건지 다른 세계를 둘러보고 온 것인지는 알 수 없지만, 명백한 건 현재 지구에 있다는 것이다.

"그렇게 된 것이었군요. 실은……"

권산은 게오르그 슈미트사의 설립자인 슈미트 회장이 바로 리처드라는 사실을 알려주었다.

그가 바로 비프로스트 게이트를 이용해 전투 로봇을 화성으로 밀어 넣은 장본인이라는 사실을 말이다.

"그랬군요. 그가 미드가르드로 돌아갔다니. 그가 비프로스트 게이트를 직접 통과해서 이곳에 오지 못한다는 것은 다행한 일이지만, 다시 한번 정복욕을 드러낸 이상 결국 전쟁은 필연적이에요. 그 정보를 전해줘서 고마워요. 그 대가로 어설픈 동맹이 아니라 최단 기간에 헬리오스가 자리를 잡을 수 있도록 전폭적인 지원을 하겠어요. 뉴어스를 건설하는 데 건축 계열 유저와 NPC를 퀘스트 형태로 파견해 드리죠."

"도움에 감사드립니다."

기대 이상의 성과였다.

드워프의 힘만으로는 시간이 오래 걸릴 일이었는데 엘프까지 참여해 준다면 뉴어스의 건축은 탄력을 받을 듯했다.

띠링!

그때 렌즈 화면에 이데아의 모습이 나타나며 허공에 민지혜가 보낸 메시지를 띄웠다.

[지명훈 박사로부터 급전. 성약을 받는 대가로 에이크시르니르 복원 프로젝트를 진행하여 복원 생명체를 엘프에 제공. 자세한 내용은 아래 참조.]

빠르게 내용을 훑으니 대략 내용은 다음과 같았다.

성약에는 분명 세계수의 어린잎을 먹던 수사슴의 유전 물질이 담겨 있다.

이 유전 물질을 이용하여 최대한 유사한 유전적 특징을 가지고 있는 괴수와 DNA를 섞어서 혼종을 만든다.

지명훈이 사례로 거론한 괴수는 바로 권산이 과거 사냥한 바 있는 녹각 순록이었다.

온몸의 피가 강산성이었는데 이 독기가 뿔에 축적되어 뿔의 색상이 녹색으로 보이는 것이 바로 이 괴수의 특징이었다.

흡수한 영양의 정수를 뿔로 모은다는 점이 바로 에이크시르니르와 녹각 순록의 유사점이었다.

이 프로젝트가 성공한다면 비록 복제품이라 할지라도 혼종의 뿔을 잘라내 성약을 흉내 낼 수 있는 가능성이 생긴다.

권산은 이 이야기를 차분히 풀어서 아리아에게 전했다.

한 병의 성약을 투자해 에이크시르니르를 복원해 주겠다는 것이 요지였다.

아리아는 처음에는 믿지 않았으나 권산이 뛰어난 언변으로 계속 설득하자 마침내 그의 의도대로 넘어왔다.

"좋아요. 정말 에이크시르니르를 복원할 수 있다면 성약 한 병의 가치는 우습다고 할 수 있죠. 하지만 말만큼 쉽게 일이 되지는 않을 테니 대의원 중 생물학에 정통한 율리아를 지구로 보내주세요. 최연소지만 가장 명석한 엘프 여인이죠. 그녀를 통해 성약을 드리죠. 그리고 프로젝트 경과를 보고 받겠어요. 가능하겠지요?"

권산이 승낙하자 드디어 아리아와의 모든 일이 마무리되었다.

율리아라는 녹발의 아름다운 엘프 여성이 집무실로 오자 아리아가 그녀에게 일의 경과를 설명하고 성약을 건넸다.

이윽고 율리아가 권산 일행의 옆에 섰다.

아리아가 말했다.

"이제 가보셔도 좋아요. 당분간 율리아를 통해 제 의사를 전하겠어요."

아리아는 선물을 주겠다며 세포네에게 권산 일행을 인솔하게 했다.

물푸레나무 군락지를 빠져나와 한참을 걸어 섬의 외곽으로 빠져나오니 조선소처럼 생긴 거대한 건축물이 나타났다.

그곳에는 수 척의 갤리온선이 허공을 날아다니는 망치와 못의 힘을 빌려 뚝딱뚝딱 만들어지고 있었다.

일종의 마법으로 보였다.

건물 앞에서 엘프치고는 몸이 두껍고 키가 큰 거구의 엘프 남성이 걸어 나왔다.

반짝이는 은발과 수염이 아주 인상적이었다.

"알프하임의 축복이 깃들길. 안녕하시오. 나는 바티우스라는 엘프요."

"안녕하십니까. 권산입니다."

바티우스.

들어본 바가 있었다.

비공정의 제작자로 '명장 중의 명장' 칭호를 가진 엘프 최고의 장인이라 했다.

권산이 비공정의 유용함을 깨닫고 꼭 만나보고 싶던 위인이다.

"인간이 아리아 운영자에게 이렇게 잘 보이긴 힘든데 말이오. 어찌 되었건 내 안티고네급 비공정 한 척을 선물하라 지시가 왔으니 안 들어줄 수는 없고 곤란하게 됐소. 저기 저놈이 최근 건조한 녀석이오. 이름은 클라우드라 붙였소. 혼자서도 조종과 공격이 가능하도록 유기적으로 설계되어 있지."

바티우스는 클라우드에 일행을 모두 태우고 비공정을 조정하는 방법에 대해 이것저것 설명하더니 크게 손을 흔들고 내려갔다.

세포네가 센티넬 대원들을 이끌고 떠나자 마침내 배 위에는 권산과 백민주, 서의지, 제인, 아르네, 다프네, 율리아만이 남았다.

"서의지 네가 키를 잡겠어?"

"네, 대장 형님. 어디로 갈까요?"

"일단 마인호프 상공으로 가자. 보롬에게는 뉴어스의 건설을, 칼리프에게는 탈로스 납품을 요구해야겠지. 그다음은 자유 연합을 배에 태우고 뉴어스로 간다. 그쪽 인원과 장비는 클라우드선을 이용하면 단번에 이동시킬 수 있을 거야."

"그다음은요?"

"뉴어스에 비콘을 설치하고 이 비공정을 아르고 용병대에 넘길 거야. 비공정은 수송단의 단장인 진광이 운용하는 게 좋겠지."

"그럼 일단 우리의 여정이 일단락되는 건가요?"

"그래. 거기서 너와 민주는 율리아를 데리고 지구로 귀환해. 나는 잠깐 들를 곳이 있어. 일이 마무리되는 대로 나도 지구로 돌아가지."

그들이 지구로 돌아가면 민지혜가 율리아를 맞이할 것이다.

성약은 율리아가 가지고 있고, 그녀는 지명훈의 연구실로 가서 에이크시르니르 복원 프로젝트를 참관할 것이다.

연구용을 제외한 나머지는 양은 인간이 복용해도 되는 성분인지 분석한 뒤 마침내 이광문에게 넘어갈 것이다.

그때 아르네가 급히 물어왔다.

"이렇게 또 헤어지는 건가요?"

권산은 쓰게 웃었다.

"지금은 젤란드로 돌아가 마무리할 일이 있소. 엘프 자매분들과의 동행은 어렵겠군요. 그러니 당분간 운영자가 부여한 뉴어스 인근 퀘스트를 진행하시는 게 어떻습니까?"

"음, 꽤 재밌는 퀘스트가 많이 보이니 그렇게 하죠. 잊지 말고 연락 주셔야 해요."

권산이 싱긋 웃으며 답했다.

"그러지요."

휘이잉~

제법 거센 바람이 측면에서 불어오자 서의지는 키를 오른쪽으로 돌리며 비공정의 방향을 조정했다.

"어디로 가실지 알 것 같네요. 모건 후작령이죠?"

권산은 비릿한 미소를 지을 뿐 아무 말도 하지 않았다.

4장
복수

젤란드의 떠오르는 실세.

모건 후작.

그의 영지에는 여행자들에게 유명한 여관이 하나 있었다.

미모의 무희들이 매일 저녁 공연을 한다고 해서 '밤의 춤사위'라는 이름의 대형 여관이었다.

수십 개의 원형 테이블이 가득 찬 홀에 맥주가 차례로 서빙되었다.

막 지하실에서 꺼냈는지 시원한 냉기가 유리잔에 가득 흘러넘친다.

"복수를 앞두고 너무 여유 있는 것 아냐?"

"휴식이 필요 없는 사람은 없어. 제인, 너도 날 따라다니느라 상당히 무리했을 테니 지금 좀 쉬어둬."

"훗! 알기는 아네. 너처럼 쉼 없이 움직이는 사람은 본 적도 없네요."

띠리링!

류트 소리에 맞춰 세 명의 무희가 등장해 춤사위를 벌이자 홀에 가득 찬 남성들이 휘파람을 불며 연호했다.

빼어난 몸매의 미녀들은 허리가 훤히 드러나는 의상을 입고 중동풍의 댄스를 선보였다.

휘리리리~

피리 소리와 함께 무희들의 춤이 마무리되었고, 이내 홀은 다시금 와자지껄한 소음으로 가득 찼다.

"제인, 내 여정에 조만간 큰 변곡점이 올 거야. 그건 젤란드의 귀족인 너와는 전혀 상관없는 일이지. 때가 되면 나는 지구로 돌아가 어떤 일을 마무리 지어야 해. 그러니 이제 너는… 무사 수행도 좋지만 이제 네가 바라는 꿈을 추구하는 게 어때? 너는 검술에 천재적인 재능이 있고 이미 소드마스터이니 어지간한 건 네 힘으로 쟁취할 수 있을 거야."

제인이 잠시 시선을 돌려 창밖을 주시했다. 내면을 다스릴 때 나오는 제인의 버릇이다.

"나를 소드마스터로 만들어준 건 너야, 권산. 나 혼자서는 수십 년을 헤매도 소드마스터가 될까 말까 했겠지. 넌 내 시간을 벌어줬고, 그러니 나름의 보답으로 네 꿈에 동참한 거지. 네가 그런 말을 하는 건 그 종말자 리처드라는 자와의 대결을 염두에 둬서겠지? 그자가 그렇게나 강해? 네가 죽음을 생각할 만큼?"

분위기가 낮게 가라앉았다.

암천마제의 강함은 경세적이라 감히 측량키 어렵다.

제인의 질문에 권산은 쉬이 대답할 수 없었다.

언젠가 이데아를 통해 일대일 대결에서의 승률을 따져본 적이 있다.

그 결과는 충격적이었다.

"많이 쳐줘도 내 전투력은 그자의 20% 수준이야. 나 같은 이가 다섯 명은 있어야 계산상으로 동수를 맞출 수 있겠지. 하지만 그건 실전 상황의 변수를 무시한 아주 희망적인 수치. 그자의 포스와 체력은 이미 초인급이기 때문에 실전에서는 내 경지의 무인 수십 명이 달라붙어도 그자를 제압

하기 어려워."

제인이 고개를 절레절레 저으며 물었다.

"내가 아는 너는 무력에 의존하는 타입이 아니야. 무력으로 간단히 해결할 수 있는 일도 어지간하면 머리를 쓰려고 하지. 그런 네가 뻔히 알면서 리처드와 정면 승부를 할 것 같진 않은데."

권산이 맥주를 시원하게 들이켜며 두 눈에 광휘를 흘렸다.

"물론. 생각해 둔 바는 있어. 그렇다고 해도 내가 새로운 무술의 경지를 개척해 그자 수준의 50%에는 이르러야 해. 그게 최소 조건이야. 최소한 치명타를 가할 정도는 되어야 하니까."

"휴~ 나로서는 상상이 가질 않네. 치명타라고 해서 말인데, 우리 세계의 아티팩트 중 5 대 군장을 얻으면 어때? 군장의 궁극기를 사용하면 대단히 위력적일 텐데."

드워프가 가져온 최고의 마법무구인 5 대 군장.

5서클 마법까지 발현시킬 수 있고, 최고의 기사가 되게끔 육체적 능력을 향상시킨다.

더구나 특유의 파괴적인 궁극기가 이식되어 있다.

평범한 이도 군장을 입기만 하면 최고 레벨의 기사급 전투력을 가지며, 그랜드마스터가 입을 경우 홀로 1천 명의 기사를 죽일 수 있다는 대단한 마법 병기였다.

"그 정도로는 부족할 거야. 일단 그 군장보다도 더 윗줄의 7서클 마법군장을 엘프족 발키리아팀이 사용해 리처드를 공격한 적이 있지만 실패한 것을 봐도 알 수 있지. 하지만 큰 전력이 되긴 하겠네."

인간 세계에 퍼진 다섯 개의 군장 중 네 개의 행방은 명확하다.

세 개는 제국의 그랜드마스터들에게, 한 개는 키프록탄 왕국의 모술 레이크 경에게 가 있다.

다만 한 개의 행방이 묘연하여 아직 주인이 알려지지 않고 있었다.

도합 다섯 개의 군장을 모으고 그 주인들을 전력으로 삼을 수만 있다면 암천마제와의 결전 승률을 상당히 끌어올릴 수 있을 듯했다.

"좋은 조언이었어, 제인. 이번 복수행을 끝내면 이 세계에서의 여정은 그걸 목표로 삼아야겠군."

말을 마친 권산은 시선을 돌려 지그시 여관의 정문을 바라보았다.

정확히는 정문 너머의 어둠.

그 속에서 한 명의 인영이 뚜벅뚜벅 여관으로 걸어 들어왔다.

여관 홀에서 맥주를 들이켜던 많은 이들이 급히 자리에서 일어나며 경의를 표했다.

이 영지에서 제법 유력자로 통하는 모양이다.

그는 권산에게 똑바로 다가와 허리를 숙였다.

"미천한 코니스가 노스랜더 공작께 인사 올립니다."

"인사를 주고받고 할 사이는 아니네만?"

"웃는 낯에 침 못 뱉는 법 아니겠습니까?"

권산은 객관적으로 코니스가 상당한 수완가임을 인정하지 않을 수 없었다.

극비리에 후드까지 눌러쓰고 찾은 모건 후작령 안에서 자신을 찾아냈고, 자신의 방문 의도를 확인하기 위해 홀로 찾아왔다.

여관 밖 어둠 속 어딘가에는 그의 수행기사들이 암약하고 있겠지만, 적어도 권산의 인지 범위 밖이다.

"개의 잘못을 따지러 왔으니 침은 못 뱉어도 칼은 뽑을 수 있다. 코니스, 나를 찾아온 용기는 가상하지만 모건 후작의 목숨을 구하지는 못할 것이다."

"공작님의 동료라고는 저기 제인 블레어 경이 유일한 듯 보이는군요. 아무리 그랜드마스터와 소드마스터 파티라지만, 단 두 명으로 우리 모건 후작가를 도모할 수 있으리라 보십니까?"

상황이 나아질 기미가 없자 코니스의 언변이 거칠어졌다.

권산 일행이 영지에 들어온 것을 인지한 것은 이미 수 시간 전이다.

하지만 이렇게 소수로 쳐들어온다는 게 믿기지 않아 후작령 주변을 샅샅이 뒤지고 온 참이었다.

더 이상의 지원 병력이 없다는 것은 이미 확인된 바였다.

"쭉정이들 베는 데 내 부하들을 동원할 필요는 없지. 코니스, 너는 모건에게 가서 전해라. 나 권산은 원한을 잊는 법이 없다고. 내일 아침 영주성으로 직접 찾아가지. 젤란드의 공작으로서 받은 모욕을 갚기 위해 기사 대 기사의 명예 결투를 신청하겠다. 대결하기 싫으면 숨어도 좋고."

'협상의 여지가 없다.'

마지막 시도가 어그러지자 코니스는 절망감에 빠져들었다.

결국 피할 수 없는 싸움이 되었다.

코니스의 뇌리에 만약을 위해 세운 플랜 B가 어른거렸다.

그래도 권산이 영주성에 오는 시각을 알아냈으니 대처할 방법이 있을 것이다.

"그럼 편히 쉬십시오."

코니스가 사라지자 제인이 물었다.

그녀가 보기에 코니스와 같은 책사에게 너무 많은 전략적 정보를 노출한 듯 보였기 때문이다.

"정말 내일 아침에 정공법으로 갈 거야?"

"그래."

"모건 후작은 제국과도 끝이 닿아 있어. 젤란드 기사단 수준을 상대한다고 가정해선 위험해. 제국의 시큐리티 소속 기사들이 몰려올 수도 있다고."

권산을 손을 뻗어 제인의 붉은 머리를 흐트러뜨렸다.

"난 패배를 생각하지 않아. 이 세계의 기사들은 진정한 그랜드마스터의 위력을 몰라. 화경의 무인이 살계를 열면 얼마나 가공해질 수 있는지 내일 보게 될 거야. 우리 헬리오스의 미래를 위해서도 내 무력을 천하에 과시할 필요가 있어. 모건 후작은 이를 위한 디딤돌이 되어줘야겠지. 그가 없어지면 젤란드 내정에도 도움이 될 거야."

"그건 그렇고, 방이 하나밖에 없으니 침대는 네가 써, 권산. 아무래도 내일 피곤할 테니."

권산은 남은 맥주를 한입에 들이켰다.

"침대가 넓으니 한쪽씩 쓰지, 뭐. 그게 경계에도 유리해. 혹시 해서 하는 말인데, 불편해도 경갑은 벗지 마. 야습이 있을지 모르니."

"하! 쉬는 게 쉬는 게 아니네."

＊　　　　＊　　　　＊

다음 날 아침.

영주성으로 향하는 대로에 새벽안개가 가득 차올라 있었다.

영지민들이 새벽닭의 울음을 듣고 하나둘 깨어날 때 영주성이 저 언덕 위로 웅장한 자태를 뽐낼 즈음 권산의 앞에 일단의 기사단이 나타났다.

빈틈없이 몸을 방어한 중갑에 핼버드와 철창을 든 30명 정도의 거구의 사내들이었는데 흉갑에 새겨진 소 머리와 별의 조합 문양으로 보건대 모건 후작가의 자랑 불스타 기사단이 분명했다.

"영주성으로는 못 간다! 우리 불스타 기사단을 넘어서려는 자, 빛의 철퇴를 맞게 되리라!"

기사단장이 호기롭게 외치고 기사단은 대형을 짰다.

전투마 없이도 장병기를 이용한 밀집 대형으로 마치 고슴도치와 탱크를 조합한 듯한 위엄이 느껴졌다.

"나는 영주성으로 간다. 전력을 다해 막아봐라."

권산은 탈로스를 소환해 착용했다.

워낙에 익숙해진지라 채 5초가 걸리지 않았다.

제인 역시 만약의 사태에 대비해 탈로스를 착용했다.

권산이 접근하자 불스타 기사단원들의 창이 빛을 뿜어내며 수십 개의 투명한 창이 허공에 떠올라 권산을 향해 쏘아졌다.

"윈드스피어."

쏴아아아!

쏟아지는 윈드스피어의 방위가 상당히 지능적인 것이 피할 만한 공간 전체를 점했기 때문에 주변 건축물을 부수지 않는다면 완벽하게 회피할 수는 없는 모양새였다.

실패한다 해도 권산의 힘을 빼놓겠다는 의도가 여실히 느껴졌다.

권산은 몸을 수평으로 세워 일검합일의 자세로 날아가며 다섯 자루의 윈드스피어를 쳐내고 선두의 기사를 일도양단의 자세로 내려쳤다.

"마운틴 가드."

우렁찬 발동어와 함께 기사의 갑옷과 방패에서 흰색 빛이 터져 나왔다.

그 빛은 기사 갑주의 표면을 따라 물 흐르듯 번져가며 이윽고 수직으로 솟구쳤다.

'집합 배리어로군.'

백광으로 빛나는 전면 평면형 배리어였다.

권산이 검기를 뿜어내며 연거푸 두들겼지만, 꽤나 높은 서클의 마법이 이식된 듯 불스타 기사단의 갑옷에서 백광이 뿜어져 나올 때마다 파괴된 배리어가 빠르게 복귀되었다.

바람으로 압축된 창, 도끼, 검이 연거푸 하늘에서 떨어졌지만 보법을 밟아서 이리저리 피한 권산은 검을 땅에 박아 넣고 두 손을 펴며 장법을 전개했다.

'쇄심쌍장.'

양 손바닥에서 황금색 광채가 터졌고, 그 경력은 순식간에 배리어를 격하게 파고들어 십여 명의 기사를 우수수 넘어뜨렸다.

"으아악!"

"크아아."

"숨이 안 쉬어져."

내가중수법의 파도가 밀집 대형 중앙을 정면으로 관통한 것이다.

권산은 연거푸 쇄심쌍장을 전개했다.

작정하고 쇄심쌍장을 펼쳤기에 기사들의 생체 전류에 심각한 간섭이 생겼고, 그 결과 절반 이상이 심장마비에 걸렸다.

허무한 죽음.

이미 적의 진형은 허물어졌다.

권산은 다시금 검을 뽑아 종횡무진으로 짓쳐들어 불스타 기사들의 갑옷 관절 부를 마구 찔렀다.

힘줄이 상했기에 기사로서는 치명상이었다.

"끄아아악!"

불스타 기사단이 전의를 꺾자 권산과 제인은 그대로 영주성을 향해 직진했다.

수백 미터쯤 갔을까.

그곳 도로 위엔 검은 갑주를 입은 중년인 한 명이 서 있었다.

로즈 시큐리티의 젤란드 담당인 타미르였다.

그는 투구를 쓰지 않았기에 머리가 훤히 보였는데 훤하게 반쯤 벗겨졌다는 것이 특징이었다.

"천둥벌거숭이 같은 용병 놈이 검술 하나 믿고 어느덧 공작이 되다니. 참 젤란드도 근본 없는 나라란 말이야. 어이, 권산! 너와 우리 검술회와는 제법 악연이 있지! 알고 있나?"

권산은 대충 짐작이 갔다. 모건 후작가가 끈을 대고 있다는 제국 검술회의 인물이 분명했다.

데스먼드와 매드 트라이앵글 삼 형제의 얼굴이 잠시 스쳤다.

"그런 허접들, 기억도 안 난다."

"이놈!"

타미르가 노성을 터뜨리며 등 뒤를 바라보았다.

그곳에서 붉고 검은 갑주를 입은 한 명의 기사가 나타났다.

일견 풍겨오는 기세가 소드마스터 상급에 도달한 이로 보였다.

"너를 잡기 위해 우리 로즈 시큐리티의 회주님이 직접 오셨다! 곱게 목을 내놓거라!"

로즈 시큐리티의 최강 검호.

아론 경은 멀리서 묵묵히 서 있는 권산을 유심히 바라보았다.

과연 자연스러우면서도 일체의 빈틈도 허용하지 않는 자세를 갖추고 있었다.

'평범한 그랜드마스터 그 이상이로구나. 설마 전인미답의 경지에 도달했단 말인가. 리처드 시황제처럼. 음, 떳떳하진 못하지만 준비한 수를 써야겠군.'

아론은 검을 뽑아 하늘을 가리키며 시동어를 외쳤다.

검에 이식된 마법이 권산이 딛고 있는 땅과 공명하며 마나가 빠르게 조합되었다.

"컨퓨즈 밸런스."

권산은 그 순간 몸의 평형감각이 완전히 허물어지는 것을 느꼈다.

고도의 오감을 가진 고수의 신체로 어디가 땅이고 어디가 하늘인지도 분간하지 못할 만큼의 아득한 현기증을 느낀 것이다.

외부에서 물리현상으로 발현되는 마법이었다면 탈로스의 외피가 막아낼 수 있었을 터다.

하나 이 마법에는 속수무책이었다.

엄심갑이 방어하지 못한 것을 보니 정신계 마법도 아니

었다.

—지표로부터 달팽이관 교란 주파수 확인. 나노 로봇을 이동시켜 마이크로 진동 억제를 개시합니다.

주문 발동 후 1초 뒤에 이데아의 자동 치료가 개시되었지만, 아론과 같은 일류검호에게는 그 찰나의 틈이면 충분했다.

쉬이익!

지면을 낮게 스치듯 롱소드와 함께 날아드는 이 기술은 아론의 성명절기인 데스 스패로우였다.

오리하르콘 소드의 끝에는 무섭게 일렁이는 오러 블레이드가 죽음의 빛을 뿜어내고 있었다.

권산이 방어하지 못한 그 짧은 빈틈에 뒤에서 달려온 제인이 마주 검을 내뻗었다.

최근 완성한 그녀의 필살기인 '테트라 오러'였다.

까가각!

삼각형의 오러는 아슬아슬하게 데스 스패로우를 막아냈다.

격렬한 충돌 음과 불꽃이 터지며 제인이 다섯 걸음 물러나는 것으로 일단락되었다.

탈로스를 입지 않았다면 역도를 버티지 못하고 열 걸음

이상 후퇴했을 것이다.

"흐음, 이걸 막다니, 내 실력이 녹슬었나."

그때 권산은 이미 균형감을 회복한 뒤였다.

권산이 대뜸 땅을 향해 검기를 전개하자 땅이 움푹 파이며 묻혀 있던 룬석 하나가 터져 나갔다.

"당신만 한 실력자가 이런 꼼수를 쓰다니, 부끄러운 줄 아시오!"

권산은 아론을 보며 으르렁댔고, 이내 그에게 짓쳐들었다.

아론은 아무런 답변 없이 갑옷에 온갖 버프와 강화, 민첩성의 마법을 걸고 권산과 정면으로 충돌했다.

"너는 내가 상대하지."

제인은 곧장 타미르에게 달려들었다.

타미르 역시 소드마스터 초급에 이른 강자로 권산의 뒤를 노릴 수 있기에 정리가 필요했다.

쾅쾅!

채채챙!

격렬한 싸움 끝에 먼저 목이 떨어진 건 타미르였다.

제인보다 전투 경험은 풍부했지만 탈로스의 출력에 힘입은 제인을 넘어설 수는 없었다.

이윽고 권산이 아론의 오른팔을 날려 버림으로써 결투의 종지부를 찍었다.

"크윽! 졌다!"

"이름이 뭐냐?"

"아론, 아론 로즈다."

"죽여도 시원찮으나 제국과 척을 지고 싶지 않으니 일단 살려 보낸다. 앞으로 모건 후작가와 모든 관계를 끊고 두 번 다시 타국의 일에 관여치 말라."

"지키지 않는다면?"

권산은 빙긋 웃으며 그의 목에 검을 다시 가져다 대었다.

"솔직히… 열 초식 안에 네 목을 거둘 수 있다. 즉 나이트 아론 경의 목을 취하는 건 내게 호주머니 속에서 물건을 빼는 것만큼 쉽다는 말이지. 그러니 알아서 판단하시길."

아론이 입을 꾹 닫고 몸을 추슬러 사라졌다.

영주성에 이르기까지 더 이상 적은 나타나지 않았다.

그러나 영주성의 성문 앞에 이르자 아무런 보초 병력도 없이 적막함만이 장내를 가득 메우고 있었다.

제인이 몇 차례 도발했으나 성벽 위에서는 아무런 반응이 없었고, 누군가 숨어 있는 기척도 느껴지지 않았다.

'뭐지?'

권산은 기감을 펼쳐 성 내부를 관조하려 했으나 그가 펼친 기의 더듬이가 성벽을 채 뚫지 못하고 튕겨 나왔다.

"오호라, 마법이군. 성벽과 성문에 마력장을 걸었어."

성벽에 손을 대고 정신을 집중하자 어마어마한 마력의 파동이 느껴졌다.

상당한 고위급 법사가 엘릭서를 쏟아부어 가며 영주성 전체에 결계를 친 모양이다.

제인이 성벽에 망고슈를 박아 넣으며 올라가려 했다.

하지만 '그리지 마법'이 걸렸는지 돌 벽 표면에 마찰이 없어 주르륵 미끄러졌다.

마력 발생원이 성벽 내에 있을 것이기 때문에 작정하고 들어가려면 힘으로 부수는 수밖에 없었다.

역시 권산의 힘을 빼놓으려는 수작이었다.

"어쩌지, 권산?"

시간을 끌면 결계는 자연히 없어진다.

마력을 이 수준으로 유지하는 것은 무척이나 어렵기 때문이다.

하지만 다소 전략적이진 않더라도 권산은 시간을 끌 생각이 없었다.

"조금 힘은 써야겠지. 물러서, 제인."

권산은 결계의 보호를 받는 성벽 자체보다는 성벽을 지지하고 있는 기반을 노렸다.

이데아가 성벽의 형상과 구조체가 받는 수직, 수평 압력을 계산하고 돌벽의 크랙 방향을 기준으로 가장 취약한 지점을 뽑아냈다.

―2시 방향 20미터 지점의 바닥면이 가장 부실해요.

권산은 이데아가 지목한 지점으로 달려가 초살참을 연거푸 두 번 전개했다.

거대한 검강이 극도로 압축되어 대지에 거대한 구멍을 뚫어냈다.

쿠콰쾅!

흙과 석재 가루가 하늘 높이 비산하고 5미터 깊이의 구덩이가 파였다.

그러자 성벽의 하단부가 하중을 이기지 못하고 구덩이 방향으로 쓸려 들어갔다.

"무너진다! 더 뒤로 물러서!"

우르릉!

콰쾅!

권산과 제인이 분분히 뒤로 빠지자 채 1분이 되지 않아 성벽의 일부가 형상을 잃고 무너져 내렸다.

성벽이라는 오브젝터가 물리적인 이유로 움직였기 때문에 자연스럽게 결계도 파훼되었다.

아마 결계를 펼친 법사는 마나 역류로 심각한 내상을 입었을 것이다.

권산과 제인은 무너진 성벽을 밟고 영내로 들어섰다.

영내의 광장에는 놀란 눈으로 둘을 응시하는 수십 명의 기사들이 있었다.

또 기사단의 후미에 푸른 로브를 입은 노인이 피를 토하고 쓰러져 있었고, 그 옆에는 코니스와 모건 후작이 서 있었다.

"후작님, 놈이 왔으니 철쇄 기사단을 투입하겠습니다."

"그리하라."

철쇄 기사단원들이 쐐기꼴의 진형을 갖추고 돌진해 왔다.

장검으로 무장하고 방패도 없이 몰아쳐 오는 게 사생결단의 태세였다.

"모건, 마지막까지 가지가지 하는구나!"

권산과 제인은 허물어진 성벽 위의 고지대를 이용해 서로 등을 맞대고 기사들을 맞이했다.

탈로스의 근력 증폭을 받아내는 기사가 없었기에 몇 합만에 굴러 떨어지는 기사가 부지기수였다.

제인의 망고슈가 하늘을 날며 기사들을 교란했고, 섬전같은 찌르기에 갑옷의 틈새를 적중당한 기사들은 검을 놓치며 피를 뿌렸다.

손속에 사정을 두지 않았다.

큰 기술을 쓰진 않았지만, 권산의 검은 갑옷을 깨고 기사들에게 치명상을 입혔다.

"크억!"

수분 만에 마지막 기사가 쓰러졌고, 마침내 장내에는 모건과 코니스, 권산과 제인만이 서 있었다.

권산으로서도 내공의 절반을 소진했으며 체력적인 부담이 오고 있었다.

제인 역시 꽤나 피로도가 올라왔으리라.

"모건 후작, 왕국의 공작으로서 명예 결투를 신청한다. 이유는 말하지 않아도 되겠지?"

모건은 잠시 하늘을 올려다보았다.

광대한 야망을 품고 태어나 젤란드 최고의 실세가 되었건만 이 하늘에서 뚝 떨어진 것 같은 그랜드마스터로 인해 꼬인 일이 얼마인가.

"나 모건은 그렇게 호락호락하게 당해줄 생각이 없다. 네가 누구건 어디서 왔건 결국 죽는 건 네가 될 것이다."

"겨우 그 실력으로? 어디 숨겨놓은 비장의 수라도 있나?"

"아무렴."

모건은 품속에서 녹색의 수정을 꺼냈다.

그리고 뭔가 중얼거리자 수정에서 빛 덩어리가 쏟아져 나오며 판금의 형상으로 모건의 전신을 덮었다.

빛이 사라지며 나타난 건 녹색의 풀 플레이트 메일이었다.

흉갑에 새겨진 기하학적인 무늬와 드워프어로 쓰인 군장의 이름이 선명했다.

'군장. 베놈 스트라이크.'

─주인, 드워프 5 대 군장 중에 행방 미상의 마지막 군장이에요. 모건 후작이 소유하고 있을 줄이야.

모건으로서는 특급 기밀이었을 것이다.

소드마스터이자 왕국의 유력 귀족인 그로서도 이 아티팩트를 완벽히 지켜내기 힘들기 때문이다.

이를 지금 공개한 것은 그만큼 권산과의 결투가 위협으

로 다가왔기 때문일 터이다.

"군장에는 궁극기가 이식되어 있다는 걸 들은 적이 있겠지? 과연 네가 버틸 수 있을까? 자, 받아봐라. 베놈 스트라이크!"

모건의 외침에 전신의 갑주에서 동시에 빛이 뿜어지며 가슴의 마나 베슬로 집중되더니 이내 권산을 향해 녹색의 레이저가 쏘아졌다.

'아차! 이렇게 궁극기를 빨리 발현할 수 있다니.'

도저히 피할 수 있는 속도가 아니었다.

권산은 내공을 끌어모아 일단 탈로스의 항마력과 호신강기의 물리 방어력을 최대한도로 전개했다.

스핏!

조용했다.

파괴적인 폭음도, 날카로운 고음도 없이 고요하게 빛에 적중당했다.

"하하하, 성공이로군. 군장의 비밀을 철저하게 지킨 보람이 있어. 베놈 스트라이크가 무슨 기술인지 전혀 모르는군, 권산."

그 순간 권산은 호흡이 마비되며 균형감을 잃고 털썩 무릎을 꿇었다.

기혈에 차오른 내공이 통제를 잃자 정신없이 날뛰며 사지 백해로 퍼져 나갔다.

—비상 상황. 출처 미상의 초반응성 신경독과 용혈독이 중추신경계에 침입했습니다. 방치할 경우 10초 내로 심정지 발생. 나노 로봇을 이용한 긴급 해독 개시합니다.

이데아의 통제를 받는 나노 로봇이 동맥 순환계에 퍼지며 적혈구를 파괴하던 용혈독을 분해했다.

폐를 마비시킨 신경독에 맹공격을 가하자 권산은 한 덩이의 검은 죽은피를 각혈했다.

"크억!"

탈로스의 안면 투구 틈새로 검은 피가 쏟아져 나오자 그 모습을 본 모건이 비릿하게 미소 지었다.

'베놈 스트라이크'의 초극독 궁극기에 맞고 살아 있다는 건 그린 드래곤이나 가능한 일이다.

"자, 죽어라!"

용의주도하게도 모건은 접근하지 않고 5서클 에어 해머 마법을 외쳤다.

허공에 사람만 한 크기의 공기 망치 두 개가 떠올랐고, 이내 권산을 행해 매섭게 떨어져 내렸다.

"누구 맘대로."

제인이 권산을 보호하기 위해 개입하려 했으나 권산이 손을 뒤로 돌려 그녀를 제지했다.

그러고는 몸을 벌떡 일으키며 두 주먹으로 권풍을 쏘아 에어해머를 터뜨려 버렸다.

"정말 궁극기는 궁극기로군. 백독불침에 이른 나를 죽일 정도의 독이라니. 하지만 모건, 조금 부족했다."

권산은 이형보를 전력으로 발휘했다.

5대 군장을 착용한 적에게 틈을 주는 건 권산으로서도 위험했다.

연거푸 미지의 공격을 당하기 전에 끝장내는 것이 안전했다.

"이런, 에너지 실드."

권산이 달리던 탄성을 이용해 출룡십삼각을 전개했다.

뱀처럼 휘어져 들어간 경력이 모건의 전신 요혈을 두드렸다.

어찌나 충격량이 강대했는지 마나로 된 에너지 실드가 마구잡이로 찌그러졌다.

일부 경력은 마나의 틈새로 파고들어 모건에게 타격을 입혔다.

"크윽."

권산은 모건에게서 팔 하나 거리 안으로 바짝 파고들어 용살권법으로 타격을 가했다.

마침내 에너지 실드가 깨지자 권산의 통천권이 모건 후작의 복부로 파고들었다.

황금빛 송곳과 같은 경력이 무자비하게 모건의 복부를 헤집었다.

침투경의 속성상 군장의 판금은 무용지물이다.

내장이 흔들린 모건이 간신히 토네이도 마법을 전개하며 하늘로 솟구쳤다.

무려 50m나 솟구치자 권산의 운룡신법으로도 쫓기에는 무리였다.

모건은 스스로의 몸에 회복 마법을 걸며 땅으로 떨어져 내렸다.

리버스 그래비티 마법으로 사뿐히 착지하고 온갖 버프를 몸에 걸자 언제 부상을 입었냐는 듯 매우 민첩한 움직임을 뿜어내었다.

"끈질긴 생존 기능이군."

모건과 권산은 검술로 맞붙었다.

모건은 젤란드식 나이트 검술 외에도 제국의 여러 시큐리티에서 기원한 기술을 섞어 썼는데 그 경지는 젤란드 제일의 기사인 아글버트 백작에 버금가는 수준이었다.

권산은 십여 합 정도 어울리다가 모건이 새로운 마법을 영창하려 하자 작심한 듯 검강을 끌어 올렸다.

폭발하듯 비산한 죽음의 빛이 권산의 장검에 어렸다.

"죽어라, 모건!"

초살참!

극강의 초승달이 모건의 몸을 일도양단으로 갈랐다.

터져 나온 피가 흩뿌려지기도 전에 검강의 화염에 증발했다.

모건의 쪼개진 몸이 털썩 쓰러지며 갈라진 베놈 스트라이크가 다시 빛으로 화해 수정 속으로 사라졌다.

"후작님! 흐흐흑!"

코니스가 눈물을 뿌리며 죽은 모건 후작의 시신을 붙잡고 오열했다.

권산은 냉혹한 표정으로 그런 코니스를 내려다보았다.

"코니스, 네게는 두 가지 선택권이 있다. 모건 후작을 따라갈 것이냐, 아니면 내게 복종할 것이냐?"

권산은 수분을 기다렸다.

마침내 울음을 그친 코니스가 서서히 몸을 일으켰다.

"내 한 목숨 값나갈 것은 없지만, 복종의 대가는 무엇입니까?"

"더 이상의 불필요한 죽음 없이 모건가의 명맥을 이어주겠다."

코니스는 길게 고민하지 않았다.

모건 후작가의 후광에 기댄 가신들은 후작의 사망과 함께 떠나갈 것이 뻔했다.

자신마저 죽으면 그야말로 이 영지는 무너진다.

모건 후작의 어린 아들이 성인이 될 때까지라도 자신이 영지를 지켜야 했다.

"복종하겠습니다."

"좋다, 카르타고의 왕족들에게도 이번 명예 결투가 정당했음을 알리도록 하고, 왕궁에서 모건 후작의 어린 아들에게 새로이 인장을 하사하면 어린 아들을 얼굴로 내세워 이영지를 통치하거라. 향후에 필요하면 매튜 노바첵 남작을 통해 명령을 전달하지. 너를 지켜보겠다, 코니스."

권산은 그 말을 끝으로 모건 후작의 시신 옆에 떨어진 녹색의 수정을 주웠다.

베놈 스트라이크의 마나 베슬이다.

다시 엘릭서를 충전하고 시동어를 외치면 군장은 손상을 복구하고 부활할 것이다.

권산은 이 마법 군장을 착용할 생각이 없었지만, 이 세계에서는 최고 수준으로 통하는 보물이다.

챙기면 쓸모가 있을 터이다.

권산은 수정을 제인에게 던졌다.

"이제 네 거야, 제인."

5장
발레스의 격변

거대한 연구 시설.

첨단의 연구 환경을 보여주는 갖가지 기기와 연구진이 여러 자료를 보여 디스플레이를 조작하고 있었다.

시설 중앙의 높은 지점에 위치한 통제실의 호화로운 의자 앞에는 두 사람이 그 모습을 유리벽 너머로 내려다보고 있었다.

"참 세월은 유수와 같군. 슈미트, 젊은 청년은 늙어서 백발의 노인이 되었네만 자네는 어찌 그리 한결같은 모습인가?"

청수한 백발의 신사는 뒷짐을 진 채 게오르그의 말을 받았다.

"나야 이미 늙은 사람이니까."

"흐흐, 나는 그 말이 농담이 아니란 걸 안다네. 나의 오랜 친우여, 우리의 여정은 바로 저 UFO부터 시작됐지. 어떤가. 현 시점에서 자네와 나는 우주의 비밀에 대해 가장 많이 아는 인간이 됐다네. 우리의 작은 행성계에 아홉 개의 세계가 있으며 그 안에 진짜 신과 악마도 멀쩡히 숨 쉬고 있지. 인간은 신화로서의 역사를 잊었어. 저 UFO가 엘프족의 우주선인 걸 지금에서야 알게 되지 않았나."

유리벽 너머로 은빛의 우주선이 선명히 보인다.

원반 형태를 띤 UFO로, 이 함선 속에서 무수한 게오르그 슈미트사의 원천 기술이 탄생되었다.

이 사실은 현 지구에서 가장 앞선 과학기술을 가진 초국가 기업 최대의 비밀이었다.

"슈미트, 예상외로 강력한 드워프족의 반격으로 화성 광산을 잃었지만, 우리는 타이밍을 놓치지 않고 유럽을 일통했네. 자네의 다음 목표는 뭔가? 바티칸이 도망친 동아시아인가?"

슈미트는 잠시 천장을 올려다보았다. 그의 눈에 잠시 이글거리는 광기가 맺히는 듯했다.

"그까짓 놈들은 마음먹기에 나름일세. 통일한국에 건설 중인 나노그 우주 도시 하나만 점령해도 궤도에서 폭격을 날릴 수 있지. 우리야 정지 궤도에 GS시리즈를 운송시킬 능력이 되니까. 일단 화성으로 가세. 그곳의 엘프족을 발판으로 그들의 우주 운반체를 획득해 목성을 장악하는 거야. 저 UFO 하나만으로 우리 GS사가 확보한 기술이 얼만가. 신족이건 악마 놈들이건 드래곤이건 모두 내 수중에 넣고 싶네. 광오한가?"

게오르그는 고개를 저었다.

"만약 인간에게 가능한 꿈이라면 자네가 아니라면 그 누구도 이룰 수 없는 꿈일세. 우주 일통의 꿈. 초인 암천마제라면 그 정도 비전은 가져볼 만하지 않는가?"

슈미트의 어깨가 잠시 흔들렸다.

"알고 있었군. 언제 알았나?"

"천경그룹을 끌어들였을 때 알았지. 놈들 사이에서 흘러나오는 신화적인 인물담을 듣고는 믿지 못했지만 화성에서 얻은 정보와 조합하니 점점 확신이 들더군."

"역시 천재 게오르그답군. 숨긴다고 숨겼건만."

"흔해빠진 공학도를 여기까지 키워준 것이 자네이니 누가 뭐래도 나는 자네 편일세. 자, 화성 공략에 대한 내 전략을 들어보겠나?"

슈미트는 끌어모으던 기운을 흩뜨렸다.

천 년의 세월 동안 최강으로 군림한 그의 절기 암천마강의 기운이었다.

수십 년을 동고동락한 친우를 상황에 따라 베어버릴 수 있는 철혈의 심장을 가진 것이 바로 그였다.

"좋네."

"나의 분신 스키마가 발레스 지역 깊숙이 들어갔네. 그곳은 오크의 땅. 비프로스트 게이트를 설치할 근거지를 마련하기 위해 어둠의 협곡지대를 소유한 오크부족과 협상을 했지. 일은 잘 풀렸어. 우리는 오크족에게 무력을 제공하고 그들은 우리에게 장소를 제공하는 관계가 됐지. 군벌 규모의 오크 대부족인데 발레스에서 주도권을 잃고 밀려난 신세지만 과거에는 워칸도 배출한 적이 있다더군. 부족의 이름은 벼락 칼이라 하네. 오크족은 2년에 한 번씩 대부족의 군장(War Lord)들이 모여 워칸을 선발한다네. 이 워칸이 되면 오크족 전체의 병력을 통솔할 권한이 생기지. 나는 스키마에게 지령을 내리겠네. 벼락 칼의 아킬라 군장에게 워칸이 될 수 있게끔 유력한 경쟁자 군장들을 제거하라는 명령 말이야."

슈미트는 두 눈을 감았다.

수십 년 전 천둥씨족의 워치프의 자격으로 서리바위 군벌의 군장에 선출된 후 마침내 오크족 통합 워칸까지 등극한 것이 바로 자신이 아니던가.

경우는 다르지만 비슷한 방식으로 아킬라를 하수인으로 삼아 오크족을 일통한 뒤 이 병력을 부려 엘프족을 도모하자는 것이 바로 게오르그의 계책이었다.

"좋네, 해보게. 수백만 오크병단을 가질 수 있다면 GS시리즈는 수백 대 규모만 보내도 되겠군. 하지만 게오르그, 이건 알아두게. 자네의 전략이 실패한다면 시간을 아끼기 위해 내가 직접 화성에 가겠네.

게오르그는 깜짝 놀라 되물었다.

"화성에 직접? 아퀼라 헤비 로켓은 아직 완성되지 않았어. 운 좋게 타이밍을 잡아 호만 전이 궤도로 올라탄다 해도 1년 반은 꼬박 걸리네. 그 방법을 쓸 참인가?"

슈미트는 비릿하게 웃으며 고개를 저었다.

극도로 응축된 살기, 그리고 광오함이 깃든 표정이었다.

"비프로스트를 통과하지."

"생명체의 영혼이 통과하지 못한다는 사실을 잘 알 텐데?"

슈미트는 사지백해에 흐르는 내공을 활짝 개방했다.

흑염이 터져 나오며 슈미트의 육체가 강기의 파도에 잠식되었다.

엄청난 전율감이 연구소 전체를 잠식했다.

공포를 못 이긴 연구원들이 픽픽 쓰러져 정신을 잃었다.

"나를 일개 생명체로 보지 말게. 아홉 세계를 지배한 아스신의 장난감도 감히 내 몸에서 내 영혼을 뜯어낼 수 없어. 내 장담하지."

*   *   *

"자, 마지막 호흡이야. 정신을 집중해."

권산은 깊은 날숨과 함께 제인의 명문혈에서 손을 뗐다.

마침내 용살기공 5성의 전수가 끝났다.

권산이 무술을 전수한 이들 중 가장 높은 수준이었다.

특기할 만한 점은 포스의 힘을 두 배로 증폭시키는 비전 뇌신의 점혈법을 전수하고, 초살참의 구결을 분석하여 검기성강의 구체적인 방법론을 가르친 데 있었다.

제인은 놀랍게도 그녀의 비전절기인 '테트라 오러'를 검강의 초기 단계까지 펼치는 데 성공했으며, 시간만 충분하면 임맥을 자가 점혈 하여 뇌신을 시전할 수 있었다.

'확실히 놀라운 재능이야.'

아무리 오리하르콘의 힘을 빌리고 완전한 형상은 아니라지만 검강은 분명 검강.

어딘가에 내보이는 순간 그랜드마스터로 인정받을 수 있는 단계였다.

모건 후작령을 정리한 둘은 구름 속에 대기하고 있던 클라우드 비공정을 타고 화성 숙영지로 향했다.

거리가 거리인지라 꼬박 며칠이 소요되는 여정이었다.

화성 숙영지에 도착하는 대로 권산은 지구로 귀환할 예정이다.

스승이 성약을 복용하는 순간을 지켜볼 것이며, 민지혜가 지원을 요청한 부분도 있었다.

"제인, 마음의 결정을 내렸어? 일단 메디컬 체크 결과 너도 지구에서 활동하는 데 문제될 것은 없어."

제인은 잠시 권산에게서 시선을 떼고 눈을 감았다.

깊은 고민을 할 때 나오는 그녀의 버릇이다.

이대로 비공정을 타고 화성 숙영지에 도착만 한다면 곧바로 권산을 따라 그의 세계로 갈 수 있다.

마음만 같으면 그렇게 그를 따라가고 싶었다.

제인은 약한 마음을 들킬까 눈을 뜰 수 없었다.

"권산, 나는 너를 따라 지구에 가지 않겠어."

"음, 그래?"

의외의 대답이었다.

하지만 화성의 토착민인 그녀가 다른 행성까지 가서 모험을 할 동기가 없을 수 있다는 것은 어쩌면 당연한 일이었다.

"난 5 대 군장의 주인들을 만날 생각이야. 그들의 협조를 얻어 네가 암천마제를 상대할 때 네 편에 서도록 만들겠어. 헬리오스의 모든 중대사가 권산 너의 손을 거치는 상황이니 이 정도 임무는 내가 동료로서 가져갈게. 그래서 지구에 가지 않고 군장의 주인들을 만나러 가겠어."

권산으로서는 의외의 제안이었다.

그녀의 말대로만 된다면야 큰 도움이 되겠지만, 제국과 왕족의 유력자가 군장의 주인인데 설득이 쉬울 리가 없었다.

그녀 역시 베놈 스트라이크의 주인이기는 하지만, 오래전에 그랜드마스터가 된 그들을 무력으로 꺾기는 힘들 것이다.

"고마운 말이긴 한데, 쉬울 것 같지는 않은데?"

"그동안 네가 협상하는 것을 보고 나름 배운 게 있지. 그들의 약점을 잘 파고들어 보겠어. 대신 스트리트 길드를 내게 붙여줘. 자유 연합의 비콘도 자주 써야 할 것 같아."

제인은 아주 진지했다.

스트리트 길드의 정보망을 이용하여 정말 일을 도모할 작정인 것 같았다.

"그래. 엘릭서는 충분하게 보급할게. 군장의 모든 기능을 끌어내는 훈련을 한다면 그들에게도 그다지 밀리지는 않을 거야."

"고맙지?"

"응?"

"나 같은 여자가 쫓아다니고, 동료가 되고, 꿈을 같이해 줘서 고맙지 않아?"

"그래, 고맙다."

권산이 한 손을 뻗어 제인의 머리를 헝클어뜨렸다.

그녀의 붉고 매력적인 머릿결이 사방으로 흩뿌려졌다.

"그럼 부탁이 있어."

"뭔데?"

"지구의 미나에게 돌아가기 전에 오늘 하루만 내 남자가 되어줘."

제인은 담담한 표정으로 놀라서 입을 떼지 못하는 권산을 두고 일어나 객실의 문을 잠갔다.

비공정 바깥을 스치는 바람 소리만 간혹 들릴 뿐 내부는 적막했다.

"친구로서? 연인으로서?"

권산의 물음에 제인은 두꺼운 코트를 벗어 벽에 걸었다.

군살 하나 없는, 오랜 기간 수련한 매끈한 몸매가 경장의 굴곡을 따라 한눈에 들어왔다.

"그 중간 어디쯤?"

제인이 다가오자 권산은 외려 한 발짝 먼저 다가가 그녀를 부드럽게 안았다.

비공정의 벽을 파고드는 상공의 차가운 기운을 뚫고 제인의 따뜻한 심장이 느껴졌다.

권산은 그녀를 번쩍 안아 침상에 눕혔다.

뜨거운 시선과 열락이 몰아치는 긴 밤 동안 비공정은 빠르게 북서쪽으로 날아 조금씩 지구에 가까워졌다.

*　　　　　*　　　　　*

　첨단의 의료 설비가 가득한 백색 병실.

　그 중앙 침상에 수척한 인상의 노인이 누워 있다.

　사방의 벽면에는 노인의 상태를 가리키는 디스플레이가 각종 바이오 인덱스를 표시하고 있었다.

　침상의 주변에는 용살문의 주요 인사와 지명훈이 시립해 있었다.

　지명훈은 의료용 주사기에 앰플 속에 보관하던 성약을 채웠다.

　"검사 결과상으론 안전한 약물로 확인되었습니다. 환자가 성약을 복용할 수 있는 상태가 아니기 때문에 동맥에 약액을 주입하겠습니다."

　지명훈이 권산을 쳐다보자 권산은 사형제들과 시선을 교환하고 천천히 고개를 끄덕였다.

　권산은 허리를 숙이고 이광문의 귀에 낮은 음색으로 간청했다.

　"스승님, 이제 깨어나실 때입니다."

　성약이 주입되자 처음에는 아무런 반응이 없었다.

　그러다 1분이 지나자 이광문의 전신에서 놀라운 황금빛

광채가 터져 나오기 시작했다.

"오오!"

빛은 점차 강해지더니 이윽고 눈을 뜰 수 없을 지경이었다.

그러다 병실의 천장을 뚫고 희고 흐릿한 무언가가 벼락처럼 떨어져 이광문의 육체에 깃들고서야 황금빛은 사그라들었다.

"맥박이 상승합니다. 의식이 깨어나려 하고 있어요."

의료진의 경악하는 소리와 함께 마침내 이광문의 손가락과 발가락에 미동이 일고 두 눈꺼풀이 서서히 열렸다.

의료진이 다가와 동공 반응을 체크하더니 얼굴에 화색이 돌았다.

"의식이 있습니다. 말을 걸어보세요."

제곡이 대표로 이광문에게 상체를 기울이며 말했다.

"사부님, 저 제곡입니다. 알아보시겠습니까? 여기 제자들이 모두 모여 있습니다."

이광문의 입이 서서히 열리며 마침내 마르고 갈라진 음색이 터져 나왔다.

"너흴 몰라볼 리 있겠느냐? 참 오랜 여정이었다."

"사부님이 한미향의 독수에 당해 쓰러지신 지 벌써……."

제곡이 북받치는 마음에 더 설명하려 했으나 이광문이 제지했다.

"되었다. 다 알고 있느니라. 다들 모여보아라."

제곡, 제요, 제순, 등자룡, 권산, 홍련이 모두 무릎을 꿇고 이광문의 침상 주변으로 모여들었다.

"누군가 자아를 잃어버릴 정도의 강력한 심공을 내게 펼쳤다. 나는 그가 내 심지를 장악하는 것을 막기 위해 스스로 귀식대법에 빠져 죽음의 문턱까지 나를 몰아넣었구나."

"일본의 이능력자인 음양사 켄이라는 자의 소행입니다, 스승님. 그자는 결국 제 손에 죽었습니다."

권산이 짧게 정황을 설명했다.

이광문은 의미를 알 수 없는 미소와 함께 고개를 저었다.

"그자는 그때 완전히 죽지 않았다. 생명의 위협을 느끼는 순간 내 의식 속으로 본인의 정신체를 옮기려 했어. 그러나 너의 손속이 워낙 빨라 의식을 옮기는 데 실패했지. 다만 그의 정신 감응 능력은 내게 건너와 나와 하나가 되었구나."

놀라운 이야기였다.

어쩐지 일본 최강의 비전투계 이능력자가 너무 손쉽게 죽은 것이 이상하긴 했다.

그는 자신의 정신체를 타인에게 이식하고 마치 빙의처럼

그 육체를 조종하는 게 가능한 모양이다.

그러나 권산의 속공에 당해 100% 정신 이식을 끝내지 못해 그의 이능력만이 이광문에게 이동했다는 것이다.

이는 이광문이 이능력자가 되었다는 뜻이다.

"놀라운 일이군요. 스승님이 이능력자가 되시다니."

"팔자에도 없는 이능력이 이식되고 한계를 넘은 귀식대법의 후유증으로 나의 혼은 현세를 떠나 피안의 땅을 경험했구나. 그곳이 어디인지 아느냐, 권산?"

권산은 어리둥절한 표정으로 되물었다.

"사후 세계 말씀이십니까?"

"그것도 맞는 말이지. 하지만 나는 똑똑히 보았다. 우주 저편에 존재하는 망자의 세계. 그곳은 위력의 헬 여왕이 다스리는 안개의 땅이었다. 그 행성의 이름은 니플하임이라 하더구나. 암흑에 숨겨진, 세계 크기의 성채는 악마족의 파수로 지켜지는 뇌옥이었다. 나 역시 여왕의 낙인이 찍혀 성채에 들어갔고, 그 속에서 위대한 선조들의 혼을 많이 뵈었구나. 그뿐이 아니다. 환생하지 않은 모든 혼이 나름의 사회를 이루고 있었어. 인간이 아닌 종족도 있었지만 웬일인지 악마족들이 강제로 분류를 하더구나. 인간들의 구역에는 무림이라는 사회도 있었다. 고대 중국에 존재했다는 무인들의 사회 말이야. 나는 그곳에서 용살문의 선조들을 만나 전수되지 못하고 잊힌 비전의 무술을 배울 수 있었다. 그러던 와중 무언가 강력한 힘이 나의 혼을 그곳에서 뽑아내 현세로 당기는 것을 느꼈다. 내 혼이 하늘로 튕겨 나갈 때 헬 여왕이 성약 어쩌고 하며 괴성을 지르는 것을 들었지."

'휴! 헬 여왕이 성약에 대해 아는 모양이군. 어찌 되었든 미움을 사게 된 꼴이야.'

니플하임의 통치자 헬 여왕, 그녀가 가진 세계급의 성채, 그리고 망자 세계의 무림.

생자는 알 수 없는 우주의 신비 중 한 꺼풀이 벗겨진 것이다.

'니플하임이라면 명왕성이다. 그곳에 그런 진실이 있었구나.'

아마도 미미르 시스템이 창조한 아바타 육체와 비슷하게 '헬 여왕의 낙인'이라는 것을 받은 혼은 환생 전까지 명왕성에서 사용할 임시 육체를 얻는 모양이다.

"나는 너희 모두에게 이 무술을 전수하겠다. 정신감응의 이능력을 이용하면 속성 전수가 가능할 듯하다. 오늘 중에 몸을 회복할 테니 내일부터 수련을 준비하거라."

"예, 사부님."

　　　　*　　　　　*　　　　　*

　이광문은 좌선한 여섯 제자를 앞에 두고 두 손을 관자놀이에 올렸다.

　호흡 소리만이 들리는 고요한 수련장에는 두 눈을 감은 용살문의 전인들이 선조의 비전을 전수받기 위해 정신을 집중하고 있었다.

　'내면의 평정.'

　명상의 세계가 점차 하얗게 밝아져 오며 그 빛의 중심에 이광문의 의지가 있었다.

　뭔가 따뜻함이 느껴지는 이상한 빛이었다.

　그 빛과 함께 섬전처럼 '어떤 정신'이 밀려들었다.

　이광문의 묘사 그대로였다.

　세계급 크기를 가진 안개의 성채, 잿빛 하늘.

　하지만 그에 대비되는 다채로운 동식물이 뛰어 노는, 당금의 지구와는 비교도 안 되는 풍족한 대지였다.

　도무지 죽음 이후의 세계라고는 믿기 어려운 모습이었다.

　흐릿한 혼령들이 하늘까지 솟구친 성채의 입구로 들어서자 붉은 에너지를 흡수하며 육체가 재구성되었다.

하나같이 살아생전에 가진 최절정기 시기의 모습이었다.

대부분은 젊은이의 모습이었지만, 일찍 죽은 영은 어린아이의 모습을 하고 있었다.

태양계 전체에서 우주를 날아온 각 종족의 영혼들은 각자 성채의 다른 입구로 들어가 다시는 만나지 않도록 구분되었다.

이 망자의 성채 중앙에는 하늘은 찌르는 마천루가 있었는데 헬 여왕이 거하는 엘류드니르 궁전이었다.

이 거대한 건축물에 대비해 니플하임의 인간들은 너무나 크기가 작았다.

단순히 대비 효과가 아니라 실제로 작았다.

아마 살아생전 가진 육체의 1/10 정도로 보였다.

하지만 모든 동식물이 동일한 축척을 적용받는지 부자연스러워 보이진 않았다.

기억은 빠르게 전환되었다.

기암괴석이 즐비한 험산의 중턱에 청석이 깔린 넓은 연무장이 있었고, 그곳에 수백 명의 무인이 팔짱을 낀 채 누군가를 기다리고 있었다.

분명 이광문이 겪은 경험일 텐데도 정신감응 이능력으로 기억 조작을 했는지 마치 권산을 앞에 둔 것처럼 이들의 행동은 자연스러웠다.

선조들은 한 명씩 명호를 밝히고 각자 습득한 비전과 깨달음을 전했다.

수백 년간 저승에서 수련하여 살아생전을 훨씬 상회하는 경지를 이룩한 이가 부지기수였다.

화경급만 스무 명이 넘고 현경에 도달한 이도 다섯 명이나 되었다.

그리고 놀랍게도 생사경에 도달한 선조가 한 명 있었다.

실로 방대한 무학과 위대한 심득이 차례로 전해져 왔다.

무술의 역사상 이런 기연은 찾아볼 수 없으리라.

정신감응의 능력은 실로 놀라워서 이광문이 오랜 기간 동안 겪은 모든 기억 정보를 단 12시간 만에 이식받을 수 있었다.

이후부터는 이를 소화하는 개인 수련이었다.

권산은 방의 중심에서 홀로 좌정한 채 생사경의 경지를 밟은 위대한 선조와의 대화를 떠올렸다.

생생한 목소리가 지금도 들려오는 듯했다.

"나는 청아라 한다. 정천 시조의 직계제자이니 용살문 2대가 되겠지."

"불민하지만 조사님의 위명은 들어본 바가 없습니다."

권산이 되물었다.

하나 실은 이광문이 되물은 기억일 것이다.

"그럴 테지. 나는 살아생전에는 그저 흔한 여류 무인이었다. 정천 사부 밑에서 수학한 기간도 짧고 재능도 없어서 그마저도 잘 배우지 못했지. 내가 역사에 명호를 남기지 못한 것도 어쩌면 당연하다."

"한데 어떻게 전인미답의 경지에 오르신 건지요?"

"무(武)의 무(無)를 깨닫고 무(巫)의 단계를 깨닫는 것에 그 진수가 있지. 나는 불자다. 젊은 시절을 나란다 불교대학에서 보낸 것이 가장 큰 힘이 되었다. 진리를 설법하신 선지자들의 말씀에 생사경의 진수가 깃들었는지 누가 알았겠느냐?"

나란다 불교대학이라면 권산도 들은 바가 있다.

서기 5세기경 건립되어 6백 년이 넘는 세월 동안 히말라야산맥 너머 인도에 존속한 신비의 배움터로 절정기에는 1만 명의 불도가 수학한 곳이라 했다.

청아 조사는 불법의 깊은 경지를 무의 경지로 승화했고,

그것이 생사경에 오른 원동력이라 했다.

"암천마제를 꺾을 비기가 필요한 것이겠지?"

"그렇습니다."

"나는 겪어본 적이 없지만, 그에게 당한 제자들을 통해 그자의 무술과 경지를 추측한 적이 있지. 너는 그자의 경지가 어디에 달해 있다고 보느냐?"

권산은 조심스러운 어조로 답변했다.

"최소 현경… 어쩌면 생사경의 무인일지도 모른다고 보고 있습니다."

"맞다. 하지만 생사경은 아니야."

청아의 어조는 강경했다.

대단한 확신이 있는 표정이었다.

"그자의 경천동지할 무력은 인류의 역사를 뒤틀 정도입니다. 천 년의 삶을 살며 이루 말할 수 없는 살육과 혼돈을 만든 경세의 마인이 바로 그입니다."

"그자의 인간을 초월한 수명과 강함에 대해서는 짐작 가는 바가 있다. 하지만 생사경은 아니야. 왜냐하면 생사경의 경지야말로 정말 죽어보지 않는다면 깨달을 수 없는 경지거든. 때가 이르면 언젠가 너도 도달할 수 있겠지."

"살아생전에 그와 맞닥뜨린다면 제 혼이 이곳에 오는 걸 막지 못할 듯싶군요."

"지금으로선 그렇겠지. 그는 분명 나 이외에는 망자 무림에서도 상대할 바 없는 강적. 그러니 너에게 암천마공을 뚫을 비전 하나를 전수하도록 하지. 나는 이를 압강의 기술이라 부른다."

"압강술이라… 권법입니까, 아니면 무기술입니까?"

득도에 이른 맑은 얼굴에 싱그러운 미소가 걸렸다. 미욱한 후손이 마음에 들지 않을 법도 하건만 그녀의 표정엔 인자함이 가득했다.

"형을 특정할 수 없다. 특정할 필요가 없지. 압강술의 대단함은 어떤 경지의 무인이 익히더라도 자기 수준에 맞는 만큼 배운다는 것이지. 넌 확실하게 한 걸음을 더 내딛게 될 것이다. 화경급의 후신이 압강술을 배워 현경에 이른다면 암천마제

를 꺾을 수 있겠지. 꼭 암천마제를 니플하임에 보내다오. 내가
책임지고 망자 무림의 절대뇌옥에 가두어주지."

이윽고 청아는 본격적으로 압강술에 대한 지도를 시작했
다.

기공의 운용과 그에 따른 구결, 말로 형용하기 어려운 깨
달음의 전수였다.

암천마공의 흑마강이 전무후무한 호신기라면 압강술은
천하제일의 살초였다.

그 어떤 방패도 뚫을 수 있는 무적의 창, 바로 그것이었
다.

압강술은 두 단계로 이루어진다.

첫째는 압기경이다.

강기를 선의 형태로 압축한 뒤 다시 구의 형태로 응집한
다.

이 과정이 극의에 이르면 주먹만 한 크기의 강기환이 만
들어지며, 이것은 극도의 폭발력을 가진 파괴력의 응집체가
되는데 태양처럼 빛을 내고 불안정하기 때문에 시전자가 오
랫동안 유지하지 못하고 내공의 유동을 끊거나 강기환을
날려야만 한다.

마스터한다면 초식의 힘을 빌리지 않아도 초살참 이상의 위력을 낼 수 있다.

둘째는 고상경이다.

불안정한 상태의 강기환에 압강술의 기운을 결합해 고형화시킨다.

이것이 성공하면 강기환은 물리적 실체를 가지게 되며 시전자의 의지가 없다면 절대 파손되지 않는 금강석과 같은 구체가 된다.

이 안정된 고형의 강기에 사량발천근의 묘용을 사용해 극히 작은 구슬 크기로 압축한다.

청아는 직접 시연을 보여주었다.

그녀가 극한으로 전개한 압강은 직경 1㎜ 크기로 손을 흔들어 전개하자 눈 깜짝할 새 수 ㎞를 날아가 땅에 부딪치고는 경천동지할 진동 속에 직경 10㎞의 크레이터를 만들어 냈다.

그야말로 거대 운석이 대지에 충돌한 것과 같은 파괴력이었다.

이런 광대무비한 무력은 실로 보고도 믿을 수 없을 지경이었다.

그런데 압강이 단 한 명에게 투사된다면? 제아무리 호신강기를 끌어 올린다 한들 국소 면적을 뚫고 들어오는 압강을 막을 수 없다.

　권산은 명상 속에서 청아와 수많은 대화를 나눴다.

　기억 속에서 스승이 화경의 단계를 개척하는 것이 느껴졌다.

　절세의 신공인 압강술의 위력이었다.

　그와 동시에 권산은 현경의 벽이 성큼 다가옴을 느꼈다.

　좌선한 권산의 손에 푸른빛이 일렁이더니 제법 뚜렷한 구체가 되었다.

　빛은 강해지고 주변의 공기가 파르르 떨렸다.

　'형상을 가진다는 것은 창조한다는 것이다. 하지만 이는 파괴의 정점. 결국 극의는 통한다는 것인가?'

　빛의 구체는 점점 더 뚜렷한 형상을 가졌다.

　심해의 파도가 구체에 갇혀 일렁거렸다.

　파도의 유동이 점점 느려지더니 구체가 점차 투명하게 변했다.

　다이아몬드를 깎은 듯 빛을 난반사하는 보석이 그 자리에 있었다.

　보석은 느리지만 확실하게 점점 압축되어 작은 구슬 크기로 변했다.

'한계로군.'

더는 줄일 수 없었다.

권산은 본능적으로 이 이상은 위험하다고 느꼈다.

권산은 천천히 주먹을 쥐었다.

뜨겁고 매끄러운 표면이 만져졌다.

무게감은 거의 없었지만 정말로 내공을 원료로 하는 물질을 만든 것이다.

질량—에너지 등가원리로 만들어진 핵무기와 이 기술은 기본적으로 같은 메커니즘이다.

즉 압강술을 익힌 현경급의 고수는 걸어 다니는 핵병기라 칭해도 과언이 아닌 것이다.

권산은 고도의 집중력으로 내공의 유동을 끊고 압강술을 해지했다.

물질이 풍화되듯 분자가 흩어지고 구체는 투명하게 변하더니 이내 사라졌다.

완벽한 기술의 운용이었다.

'터득했다.'

권산은 그 순간 한줄기 깨달음이 뇌리를 관통하며 머릿속이 하얗게 변하는 것을 느꼈다.

엄청난 자연지기가 중단전과 하단전을 가득 채우고 내공은 끊임없이 밀려들어 12갑자에 이르렀다.

모두 한 식경 안에 이루어진 일이다.

경지에 이르고 보니 현경급 조사들이 내린 가르침도 속속 이해되었다.

권산에게는 부족한 각 방면의 기예들로 그 수준이 가히 절세 비전이었다.

특히 번천복지할 만한 위력적인 기공이 세 개가 있었는데 권산은 이를 삼대 절예라 칭했다.

흡태양진기(吸太陽眞氣).

태양빛에서 양기를 흡수해 이를 내공으로 치환하는 기공술이다.

빛만 있다면 내공의 부족함을 쉬이 보충할 수 있는 기상천외한 절기였다.

살투기(殺鬪氣).

사위를 장악하는 투기를 내뿜어 의념만으로 적을 무력화시키고 심맥을 끊어놓는 신공이다.

한 번에 한 명에게만 시전이 가능하지만 동급의 경지에

올라 있지 않거나 초인적인 정신력의 소유자가 아니라면 확실하고도 쉽게 적을 격살할 수 있는 비기였다.

천의력(天意力).

육감의 영역에서 수 초 뒤의 미래를 예지할 수 있는 심공이다.

1초에도 수십 번의 살초가 오가는 초극고수와의 싸움에서 이 심공의 절묘함은 말로 표현할 수 없을 지경일 것이다.

＊　　　　＊　　　　＊

폐관 수련을 마친 권산은 사형제들을 만나 성취를 공유했다.

제곡과 제요는 화경에 올랐으며, 제순과 등자룡, 홍련은 초절정의 단계에 진입한 듯했다.

이광문은 그때 호리곡 용살 아카데미의 문도들에게도 정신감응을 이용해 용살문의 중급 무술을 빠르게 전수하고 있었다.

다가올 일전에서 빠르게 전력이 필요하기 때문이다.

사형제들과의 만남을 마친 권산은 민지혜의 호출을 받았다.

사령실에 도착해 보니 이광문 역시 아카데미 수업을 멈추고 들어와 있었다.

"스승님을 뵙습니다."

"앉거라. 그동안 네가 행한 과업들에 대한 보고는 들었다. 참으로 다방면에 여러 성취를 이루었구나. 특히 암천마제의 정체를 밝혀낸 부분이 좋았다. 그래, 지금은 어느 경지에 도달해 있느냐?"

"제자, 현경에 도달했습니다."

"장하다. 드디어 역사를 이룰 때가 된 게지."

사령실의 문이 열리며 민지혜가 들어섰다.

그런데 그녀의 뒤로 의외이 인물이 따라 들어왔다.

바로 이재룡 총수였다.

"아니, 총수님이 여긴 어떻게……?"

"직접 대면한 건 오랜만일세, 권산."

권산은 자리에서 일어나 이광문과 이재룡을 서로에게 소개했다.

둘 다 익히 들어본 바가 있는지라 통성명 후에 덕담이 몇 차례 오갔다.

이윽고 민지혜가 브리핑을 시작했다.

"당면한 몇 가지 문제를 해결해야 하기에 긴급하게 회의를 소집했습니다."

민지혜는 사령실의 대형 스크린에 위성 영상 하나를 띄웠다.

권산은 척 보는 순간 저 영상이 호리곡의 주변 지형과 가까운 해안, 그리고 그 너머에 존재하는 대양이라는 것을 알았다.

"여기 보이는 붉은 점이 현재 바티칸 인공 섬의 위치예요. 보시다시피 호리곡과 가장 가까운 해변에 정박 중이죠. 북극 항로를 거쳐 오며 수십만 명의 난민을 감당하느라 지금 식량이 바닥 상태라고 해요. 호리곡에는 미리 진성 그룹에서 보급품을 준비해 주서서 비축 물품이 가득하지만 이를 바티칸까지 운송할 수단이 마땅치 않습니다. 해변까지는 괴수 군락이 많고, 직선거리도 5㎞나 되죠. 항공 운송이 가장 손쉽지만 물량상 한계가 있어요. 특단의 수단이 필요할 때죠."

권산도 같은 의견이었다.

"그럴 수밖에 없겠어. 괴수 군락이 없다 해도 난지형이라 지상 물류 동선을 그리기가 쉽지 않군. 생각한 바가 있을 듯한데?"

민지혜는 특유의 뿔테 안경을 치켜올리고는 다음 화면으로 넘겼다.

호리곡에서 해변까지 이어진 붉은 선이 보였다.

"5㎞ 정도라면 시도해 볼 만한 수단이 있어요. 호리곡이 지저 도시이니 이를 십분 활용하는 거죠. 바로 터널 굴착입니다."

'지중으로 통로를 뚫겠다는 건가? 아이디어는 좋지만 문제는 시간인데…….'

민지혜는 잠시 뜸을 들이더니 곧이어 입을 열었다.

"하지만 중장비로 굴착을 하다간 아무리 빨라도 수개월은 걸릴 테죠. 그래서 이광문 스승님의 도움이 필요합니다."

민지혜는 화면을 넘겼다.

권산도 본 적이 있는 A급 괴수 사진 하나가 나타났다.

과거 사냥 목표로 잡았다가 필요성이 사라져 잊고 있던 '천각지네'였다.

"천각지네는 어떤 암반이라도 뚫어낼 수 있는 특유의 굴착 능력을 가지고 있어요. 천각지네의 힘이라면 5㎞ 정도의 지중 터널은 일주일 안에 만들 수 있을 거예요."

이광문이 수염을 쓰다듬으며 답했다.

"민지혜 양은 내가 정신감응을 이용해 천각지네를 통제하길 바라는 것인가?"

"네, 정확합니다."

"A급 괴수라 쉽지는 않을 것이야. 충분히 육체에 대미지를 가해 정신을 약화시켜야 하고, 또 정신 파장 강도를 높이려면 사실상 딱 붙어서 이능력을 써야겠지."

"협조해 주셔서 감사합니다, 스승님. 천각지네의 군락지는 파악한 상태이니 공격대만 꾸리면 됩니다. 이에 대해선 교황청에서 이능력자를 파견해 주기로 했으니 우선 바티칸에 다녀오는 것을 선행했으면 하고요. 다음은 이재룡 총수님, 설명하시겠습니까?"

"크흠!"

이재룡이 목을 풀고 권산을 보며 말했다.

"내가 일전에 이야기한 적이 있지. 바로 그때가 된 거야. 교황과 협상하러 가세. 교황의 권위를 빌려 헬리오스의 존재를 공표하고 지구의 국가들에게 인정받자고. 그래야 우리의 프로젝트가 대의명분을 갖추게 되는 거야. 유럽의 급변사태가 없었다면 호리곡이나 우리 진성그룹 정도의 세력이 바티칸에게 이 정도의 협상력을 갖추긴 어려웠겠지. 한마디로 지금이 동맹을 맺기에는 적기라 이 말이야."

"옳은 판단인 듯합니다. 그럼 가시죠."

십여 분 뒤 민지혜가 준비한 쿼드캐리어를 타고 권산과 이재룡은 동쪽으로 날아올랐다.

해변과 대양이 있는 동쪽, 바티칸의 인공 섬 방향이었다.

*   *   *

화성 발레스 구역.

붉은 토양이 바람에 실려 목책으로 건설된 거대한 성채를 두드렸다.

투박하지만 실용적인 나무와 가죽 천막이 불모지의 먼지를 막아냈다.

그 도시 중심엔 당대의 워칸인 듀칸달의 대저택이 있었다.

듀칸달.

오크의 최강자.

오란바토르의 성주.

그런 그가 피투성이가 된 채 난자당해 죽어 있었다.

얼마나 격렬한 싸움이었는지 엄청난 면적이 초토화되고 부서진 기계 조각이 사방에 흩뿌려져 있었다.

바로 GS시리즈의 파편이었다.

GS시리즈는 수십 대가 파괴되었지만, 결국 소기의 목적을 달성하는 데 성공했다.

바로 오크의 워칸을 죽이는 데 성공한 것이다.

이 소식은 측근인 붉은 독수리 샤먼 일족의 생존자를 통해 발레스 전역에 퍼졌다.

일이야 어찌 되었던 오크족은 지도자의 공백을 용납하지 못한다.

현 워칸의 임기가 거의 끝나가고 있던 상황에 이런 일이 생겼으니 새로운 워칸을 선출해야 하며, 당연하게도 워칸의 자리를 노리는 군장들이 하나둘 몸을 일으켰다.

예정된 일정보다 빨랐지만 무리할 만큼 촉박한 것은 아니었다.

변방에 자리한 천둥씨족에게도 이 소식은 전해졌다.

그런데 정말 괴이한 우연의 일치인지 씨족이 소속된 서리바위 군벌의 군장도 최근 정체 모를 자들에게 습격당해 죽었기 때문에 순서상 서리바위 군장을 먼저 선발해야 했고, 이를 마쳐야만 우승자를 워칸 경합에 내보낼 수 있었다.

"취익! 급한데… 권산 워치프는 어디에 있단 말인가."

천둥씨족의 부락, 한 명의 오크가 다이어울프 위에 올라

타 서쪽 하늘을 바라보고 있었다.

낮게 읊조린 그의 혼잣말이 서풍에 스며들어 사그라들었다. 그는 천둥씨족의 드루이드인 듀라이였다.

듀라이의 눈동자에는 조급함이 가득했다.

발레스는 시시각각 격변의 상황에 돌입하고 있었다.

'그 인간의 강함이라면 천둥씨족을 다시금 오크 제일의 클랜으로 만들어줄 거야. 하지만 늦으면 아무것도 이룰 수 없어. 그에게 빨리 이 소식을 전해야 해.'

듀라이의 바람과는 달리 그 순간 그 인간은 우주 너머 미드가르드에서 쿼드 캐리어란 비행체를 타고 운명적인 협상을 위해 어디론가 날아가고 있었다.

6장
바티칸

　백색 지마라를 입은 깊은 이마 주름이 특징적인 장신의
인물.

　그가 바로 바티칸 교국의 지도자인 레오 16세였다.

　권산은 항공모함의 몇 배 크기인 인공 섬에 착륙하여 교
황의 접견실로 인도받았다.

　걸어가며 보니 섬의 주민들이 처한 상황이 다급한 정도를
넘어 위급한 지경이었다.

　그래서인지 교황은 허례허식은 집어치우고 본론부터 꺼

냈다.

"화성 영상을 봤네. 아주 인상적이더군. 그곳을 바티칸의 새 정착지로 제공해 줄 수 있다고 들었네만… 말해주게. 바티칸은 붕괴 직전이야. 확실한 대답을 원하네."

역시 듣던 대로 급진적인 인물이었다.

권산은 그다지 협상의 기술을 쓸 필요성을 느끼지 못했다.

서로 만족할 만한 조건을 쉽게 도출할 수 있을 듯했다.

"이재룡 총수께 들으신 대롭니다. 우리 헬리오스가 지원한다면 가능한 부분이죠. 화성에는 뉴어스라는 이름의 새로운 도시가 건설되고 있습니다. 또 이곳에서 5㎞ 떨어진 내륙에는 호리곡이란 이름의 비밀스러운 지저 도시가 있죠. 이 두 곳이라면 바티칸의 국민들과 유럽 난민들이 이주하기 충분할 겁니다."

"뚜렷하게 대답해 주니 고맙군. 하지만 헬리오스도 우리 바티칸에게 호의를 베푸는 데 조건이 있겠지?"

권산은 고개를 끄덕였다.

"바티칸이 오키나와 해변에 도착한 이상 이미 상황은 기호지세로 흘러가고 있습니다. 동아시아 3국이나 유럽의 게오르그 슈미트사 모두 호리곡의 비밀을 곧 알게 될 테니까요. 우리 헬리오스는 바티칸의 군사력이 필요합니다. 그래야 호리곡과 양자터널을 지킬 수 있고, 외부 세력이 양자터널을 사유화하거나 폐쇄시키는 것을 막을 수 있죠. 그래서 제안드립니다. 교황께서 뉴어스의 시장이 되어주십시오. 다만 지구에 남게 되는 바티칸의 항공모함을 비롯한 군사력의 지휘권을 우리 헬리오스에 넘겨주십시오. 이 조건으로 바티칸이 우리 헬리오스에 일원이 되어주셨으면 합니다."

"무력을 넘기고 뉴어스를 받아라……. 어찌 보면 이빨 빠진 사자가 되는 꼴이지만… 어차피 화성으로 항공모함을 들고 갈 수도 없고, 양자터널을 통제해야 하는 건 나로서도 필요한 일이니… 그 조건을 받도록 하겠네. 항모전단의 사령관인 베네딕트 제독을 자네의 수하로 넣어주겠어. 충직한 주교 중 한 사람이니 잘 대해주게."

권산은 쾌히 고개를 끄덕였다.

"물론이죠."

그때 이재룡이 나서서 입을 열었다.

"교황께 제가 드릴 말이 있습니다."

"말해보게."

"조금 전 권산이 말한 대로 호리곡이 각국의 첩보망에 걸려드는 건 이제 시간문제입니다. 그러니 우리 쪽에서 먼저 헬리오스의 세력을 공표하고 호리곡 주변을 근거지로 한 신생 국가를 선포하는 게 좋을 듯싶습니다. 다만 안정될 때까지 화성 프로젝트의 진실은 숨겨야겠지요. 하지만 머지않은 미래에 화성 영상을 각국의 방송사에 발송할 생각입니다. 이게 퍼져 나간다면 전 지구상에 생존한 모든 인류가 방사능이 없는 청정한 화성 땅에 우리 헬리오스가 있다는 것을 알게 되겠죠. 먼저 국가 선포 영상을 교황 성하가 녹화해 주셨으면 합니다. 인류의 생존을 위해 교황청도 헬리오스의 일원이 되었으며 각국의 지도자들에게 담대한 협력을 요청한다는 내용이면 될 것 같습니다."

"별로 어려운 일은 아니군. 알겠네."

교황의 이름을 빌린 국가 선포.

당장은 암천마제에게 양자터널의 존재를 숨겨야 했기에 호리곡만을 영토로 삼는다는 내용뿐이었지만, 실제로는 역사상 최초로 등장하는 행성 간 국가였다.

교황은 이재룡이 데려온 스태프들이 들이민 카메라를 보며 간단히 영상을 제작했다.

수분 만에 국가 선포 영상이 완성되었다.

"난민들이 더 굶주리기 전에 보급품을 받았으면 좋겠네. 그러려면 천각지네를 포획해야 한다고 했지? 약속한 대로 교황청 최고의 전문가들을 지원하지."

교황이 멀리 문을 가리키고 고개를 끄덕이자 문이 열리며 20명의 인물이 들어왔다.

대부분 이삼십 대로 보이는 신부와 수녀들이었다.

"소개하지. 교황청 말라키 사제단일세. 지구상 최고의 이능력자들이라 자부하지. 이들을 데려가게."

말라키 사제단.

무려 1천 년 전 인류의 붕괴를 예언한 대수도승 말라키의 유지를 받들기 위해 비밀리에 명맥이 이어진 집단이 바로 그들이었다.

대수도원에서만 은밀히 전승되는 백마법과 신체 개조를 통해 과거 그들은 인간을 월등히 뛰어넘는 전투력을 가질 수 있었다.

100년 전 동방에서 '잔혹한 심판관'이 나타나 인류를 벌했을 때 그들은 적극적으로 심판관과 싸웠고, 절멸에 가까운 타격을 받았다.

이후 이능력자들이 태어나고 바티칸의 교인이 되자 이들에게도 같은 방식으로 백마법을 전수하고 신체 개조를 시켜 가공할 인간 병기로 재탄생시켰으니 이것이 바로 당금의 말라키 사제단의 위용이었다.

간단히 설명을 들은 권산은 예언에서 말하는 잔혹한 심판관이 바로 암천마제이며, 말라키 대주교가 살아 숨 쉬던 1천 년 전부터 현재까지 생존했고, 지금은 슈미트 회장이란 신분을 가지고 있다고 말해주었다.

믿기 어려운 황당한 이야기로 들릴 법했지만 교황은 쉬이 이를 믿어주었다.

"그랬군. GS사가 유럽 사태를 일으킨 건 우연이 아니었어. 어쩌면 예언의 시기가 1백 년 전이 아닌 바로 지금일지도 모르겠네. 어찌 되었든 하나님이 주신 목숨이니 순순히 죽어줄 수는 없는 노릇. 내 최선을 다해 헬리오스를 돕지. 잘 부탁하네, 권산."

"저도 잘 부탁드립니다, 교황 성하."

＊   ＊   ＊

헬리오스 국가 선포.

A급 괴수 밀집 지역으로 유명한 극동의 Y130 구역을 근거지로 하는 새로운 인간 거주지의 등장에 각국 정부는 당혹감을 감추지 못했다.

방사능 수치가 낮은 청정 지역이야 지구상 어딘가에 있을 수도 있겠으나 국가 선포를 할 정도의 인구와 행정 체계를 갖춰 신생 국가가 만들어진다는 것은 당금 현실 정황상 거의 불가능한 일이기 때문이다.

정보국을 동원해 정체를 캐내보려 해도 접근 금지 구역에 인력을 투입시키는 것은 보통 일이 아니기 때문에 헬리오스의 정체를 파악하는 데 무진 애를 먹었다.

그러던 과정에 통일한국 정부청사에 이재룡 총수가 방문했고, 이후 전격적으로 통일한국 정부와 헬리오스 간에 동맹과 수교가 맺어졌다.

교황령을 통해 선포된 헬리오스와 평화적인 유대를 가진다는 게 주 명분이었다.

한국 정부는 헬리오스의 지도자가 한국인이며, 바티칸의 군사력을 흡수했다는 소식을 듣고 누구보다 발 빠르게 움직인 것이다.

이때 권산은 민지혜를 통해 이 낭보를 전해 들었다.

"총수님의 영향력은 역시 대단하군요. 아무리 교황의 힘을 빌렸다지만 실질적으로 동맹까지 끌어내다니요."

"동맹과 수교를 한다 해도 통일한국 입장에서는 손해 날 일은 없으니까. 우린 워낙 멀리 있고 세력도 작으니 얼마든지 컨트롤할 수 있다고 믿고 있겠지."

"방심할수록 좋은 거겠죠. 그건 그렇고, 인구가 많이 늘어서 물자 보급이 쉽지만은 않네요. 바티칸의 수송선을 이용하면 통일한국의 동해로 수상 물류를 연결할 수 있어요. 우리 입장에서는 숨통이 트인 셈이죠. 중국이나 일본과는 동맹을 맺으실 건가요?"

권산은 고개를 저었다.

"아니, 그럴 필요는 없어. 두 나라는 통일한국만큼 중앙 정부의 힘이 강하지 못해. 들이는 노력에 비해 동맹의 의미가 떨어져. 지금은 시기상조라고 봐."

그때 민지혜에게 비서 차림의 누군가가 다가와 서류철을 넘겨주었다.

그녀는 서류를 한동안 훑어보더니 안경을 고쳐 쓰고 권산을 바라보았다.

"일전에 GS사의 기계어를 담고 있는 노트북이 블랙마켓을 떠돈다고 말씀드린 적이 있죠? 드디어 소재 파악이 되었네요. 용살문 정보대가 힘을 써주었어요."

"그래? 어디에 있지?"

권산으로서도 몹시 중요한 부분이었다.

슈미트 회장의 무력도 무력이지만 GS시리즈를 어떻게 해결하지 않으면 GS사를 무너뜨릴 수 없었다.

이 노트북은 어떻게 보면 권산의 목표에 가장 중요한 열쇠라고 할 수 있었다.

"통일한국 부산에 있어요. 어쩌다 동아시아까지 왔는지는 불분명이지만, 현 소유자가 누군지까지 알아냈네요. 인연은 인연인가 봅니다."

민지혜가 잠시 뜸을 들였다.

권산은 그녀를 지그시 응시했다.

"사준혁이요. 권산 님과는 상당한 악연이 있죠? 부산은 지금 통일한국 펜리르의 본거지 격이 되었어요. 치안력도 거의 미치지 않을 지경이 되었죠. 이 노트북을 입수한 걸 보니 그 역시 GS시리즈를 해킹하여 뭔가 이루고 싶은 목적이 있는 듯하네요."

"음, 당장 해결해야 하는 게 천각지네 사냥과 노트북 획득이 되겠어. 민 실장의 판단은 어때? 내 지원이 필요한 쪽은 어디지?"

"다급하기야 당연히 천각지네 쪽이죠. 지중 터널 공사가 급하니까요. 그렇지만 꼭 지원하지 않으셔도 말라키 사제단과 호리곡의 백업이라면 피해를 좀 보더라도 일은 성사될 거예요. 그러니 저는 노트북 건을 지원하셨으면 해요. 펜리르와 얽힌 일은 뭐든 쉽게 풀리는 걸 본 적이 없어요. 그들은 조직적이고 몹시 음험한 자들이에요. 또 사준혁이 현재 부산에 있지만 어디로 튈지 알 수가 없고요. 중국과 일본으로도 활동 영역을 확장한 듯하거든요. 하루빨리 사준혁을 잡아 노트북의 소재를 불게 하는 게 좋을 것 같아요."

권산은 말라키 사제단의 단장인 코드네임 블랙로즈를 불렀다.

흙발에 검은 눈동자, 눈부시게 하얀 피부를 가진 수녀였는데 코드네임과 그렇게 잘 어울릴 수 없었다.

"로즈, 천각지네 사냥에는 내가 참여할 수 없다. 말라키 사제단의 전력만으로 가능하겠어?"

"일단 가능. 다만 실전 경험은 부족. 정보와 전략도 부족."

단답식으로 대답한 로즈는 입을 꾹 닫았다.

권산은 이것이 블랙로즈 그녀 특유의 말투라고 생각해 개의치 않고 입을 열었다.

"천각지네의 갑각이야 말할 것도 없는 A급 괴수 그 레벨이야. 단시간의 공격으로는 뚫어낼 수 없어. 문제는 불리하다 싶으면 천각지네가 땅을 파고 들어가 숨어버릴 수도 있다는 건데, 이걸 막는 게 사냥의 핵심이 되겠지."

권산은 이데아를 통해 조사한 내용을 그녀에게 말해주었다.

"천각지네는 가루다의 피를 몹시 좋아하지. 그런데 가루다의 피는 강력한 마비 독이기 때문에 피를 먹은 천각지네는 몸이 마비되어 한동안 움직이질 못한다는 거야. 그런 부작용이 있음에도 천각지네는 가루다의 피를 탐닉하는 습성이 있어. 이 약점을 파고들면 사냥도 꽤 수월할 거야."

"가루다의 피… 하지만 가루다도 A급 괴수인데?"

"그렇지. 가루다는 하늘을 날 수 있으니 사냥이 어렵기로 따지자면 천각지네보다 더 하겠지. 한데 운이 좋게도 최근 일본 규슈 지방의 가루다를 헌터들이 사냥했다고 하는군. 일본으로 가서 가루다의 피를 600L 정도 구매해. 내가 알아본 바론 다카하시 형제라는 자들이 현재 사체의 소유권을 가지고 있다고 하는군."

"알았다."

"민 실장이 블랙로즈에게 적당한 사람을 붙여줘. 공노파의 이능력을 이용해서 하루빨리 다녀오는 게 좋겠지."

*   *   *

한 시간 뒤.

권산이 부산으로 떠날 준비를 마치고 공노파를 찾았을

때 블랙로즈는 수하들과 함께 공노파의 이능력을 빌려 다시 호리곡으로 복귀했다.

놀랍게도 단 한 시간 만에 가루다의 피를 구해 돌아온 것이다.

"이렇게 빨리 다녀오다니 의외로군."

"다카하시 형제, 좋은 사람들. 그들은 너를 안다."

"나를?"

"무찰린다, 네게 목숨을 빚짐."

블랙로즈는 다카하시 형제에게 가루다의 피가 필요한 이유에 대해 권산의 이름을 팔았고, 이를 다카하시 형제가 알아들은 모양이다.

그들은 일본의 최상급 헌터들이었는데 오오카제 사건 당시 무찰린다에게 전멸할 뻔한 걸 권산이 구해준 일이 있었다.

권산은 실소를 머금은 채 블랙로즈를 뒤로하고 민지혜와 동행하여 공노파와 부산으로 공간 이동 했다.

"에구에구, 늙은이 죽네. 작작 좀 부려먹어."

"공노파밖에 없습니다."

"빈말은 넣어두게. 나는 가겠네. 입금이나 잊지 말고 해줘."

공노파가 공간 이동 하여 사라지자 권산은 주위를 둘러보았다.

통일한국의 부산은 이미 몇 차례 와본 경험이 있었다.

삭막한 도시라는 이미지가 있었는데 지금은 그보다 더해 을씨년스러울 정도였다.

권산은 서쪽으로 하늘을 뚫을 듯 거대하게 솟구친 검은 선을 보고 민지혜에게 물었다.

"저게 설마 그건가?"

"네, 미나 씨가 공사하고 있는 나노그 우주도시의 엘리베이터 궤도 와이어예요. 지리산에 건축되지만 워낙에 거대해서 여기서도 보이죠."

"우주도시는 아직 먼 이야기지만, 우주 엘리베이터는 완성 단계로 보이는군. 단기적으로는 우주정거장으로도 쓸 수 있겠어."

민지혜가 재밌다는 듯 쿡 웃었다.

"외계인들 주차하는 곳으로요?"

"하하, 그래. 드워프 우주선인 폴니르 같은 것 말이야. 그럼 진성그룹이 드워프와의 무역을 독점할 수도 있겠지. 드워프들 입장에서도 궤도에서 물류를 주고받는 게 폴니르의 엘릭서 낭비를 줄일 수 있을 테니까."

"오, 확실히 가능성이 높은 계획이네요."

둘은 산길을 내려가 도심지로 접근했다.

*   *   *

도심지의 남쪽에는 영도라 불리는 융기한 섬 지형이 있었는데 그 중심부에 봉래산이 있었다.

이 산을 중심으로 영도 전체에 미로처럼 복잡한 빈민가가 모여 있고, 산의 정상에는 펜리르의 지역 거점인 부산 시타델이 있다는 정보가 있었다.

과연 절반쯤 엄폐된 검은색 콘크리트 건물이 권산의 안력에 아스라이 보였다.

"공중으로 접근하지 않는 이상 저 시타델에 접근하려면 빈민가를 통과해야 하는데 어떤 골목에서 총알이 날아들지 알 수가 없죠. 매복을 하기에도 좋고요. 그래서 통일한국 정부도 긁어 부스럼이라고 생각하는지 공권력을 투입하진 않고 있어요. 그 탓에 범죄율은 치솟고 시민들이 많이 죽어 나가는 중이죠."

"펜리르가 저런 거점을 얼마나 가지고 있지?"

"주요 도시에는 거의 있어요. 모양은 다르지만 하나같이 빈민가의 중심에 있는 건 같아요. 중국과 일본에는 길드성 몇 개를 점거하고 있고요."

권산의 예상보다도 펜리르의 규모가 상당했다.

권산이 화성에 있는 동안 지구에는 격변이 있었던 모양이다.

"짧은 시간에 이만큼 큰 걸 보니 대단한 구심점이 있는 모양이야. 사준혁 정도가 그 역할을 했을 것 같진 않은데?"

민지혜가 진지한 표정으로 고개를 저었다.

"죄송하지만 옛날의 사준혁이 아니에요. 에너지 부여 이능으로 최상급 헌터로 군림하던 시절에는 그래도 수준이 비슷한 헌터들이 제법 있었는데… 지금의 사준혁을 당해낼 헌터는 전 세계에 아무도 없어요. 다른 이들의 생체 에너지를 흡수해 자신의 에너지로 삼는 기술을 터득한 모양인데, 그 덕에 사준혁의 손에 강한 이능력자가 죽어나가면 나갈수록 끝도 없이 강해지는 중이죠."

'흡성대법이로군.'

천경그룹이 그에게 제공한 사파의 비전.

본래 흡성대법으로 흡입한 정순하지 못한 진기가 마구잡이로 섞이다 보면 의식적으로 통제하지 못하는 내기가 많아지기 때문에 어느 순간 한계가 오는 무술이라 들었다.

한데 흡성대법은 사준혁의 이능력과 결합해 '어떤' 시너지를 만들어낸 모양이다.

"이걸 보세요."

민지혜가 단말기를 조작해 영상 하나를 밀어주자 권산의 렌즈 화면에 사준혁이 레인저들과 전투를 벌이는 화면이 떴다.

무려 다섯 명의 최상급과 상급 이능력자들이 분전했지만, 사준혁의 에너지 방어막을 뚫지 못했다.

그러다 사방 공간이 어그러져 들어오자 사지가 갈가리 분쇄되어 버렸다.

그의 이능력은 에너지 필드를 매개로 3차원 공간을 접어버리는 수준에 달해 있었다.

'최소 화경급, 혹은 그 이상이다.'

헌터협회는 이능력 등급을 상향하여 최상급 위에 초월급을 신설했다.

바로 사준혁 때문이었다.

권산으로서는 그를 과소평가했다는 것을 인정하지 않을 수 없었다.

하지만 현경의 경지를 밟았고, 용살검 후반 3식과 파산경 3대 절예를 터득한 이상 사준혁과 만날 수만 있다면 그의 목숨은 주머니 속에 있는 것과 같았다.

"민 실장, 저 빈민가의 펜리르 무리를 뚫고 사준혁을 노리자는 건 아니겠지?"

"그렇게 무식한 수법은 제 취향이 아니라고요."

그러더니 민지혜는 단말기를 조작해 누군가에게 연락했다.

사전에 약속이 되어 있던 듯 누군가 의도적으로 발걸음 소리를 내며 다가왔다.

권산은 그 기운만으로 다가오는 이의 정체를 깨달았다.

과거 접한 적이 있는 기운이었다.

'이지스 길드의 오은영.'

은신 이능을 가진 이지스 길드의 상급 헌터였다.

권산과는 그리 좋은 인연은 아니었지만 원한을 쌓은 정도는 아니었다.

그녀는 레인저로 활동하던 중 이지스 길드원 출신자들 다수가 사준혁에게 에너지를 빨리고 절명한 사건 뒤로 민지혜의 회유 제안에 동의해 사준혁을 잡는 일에 손을 맞잡고 있었다.

민지혜는 오은영을 권산에게 소개하며 입을 열었다.

"아시겠죠? 부산 시타델에 사준혁이 있고, 그 사준혁이 노트북을 가지고 있는 것을 어떻게 잡아냈는지. 여기 은영 씨의 공이 무척 크죠. 이만한 정보원이 아니었다면 제가 그리 수월하게 일을 하진 못했을 거예요."

권산은 살짝 목례를 하며 오은영에게 인사를 건넸다.

"오랜만이야. 우리 일을 돕는다니 여러모로 고맙군."

"오랜만이에요. 사준혁에게 복수하는 건 제 일이기도 하죠. 누굴 돕자고 하는 건 아닙니다. 가장 확률이 높은 편에 붙은 것일 뿐이니까요."

오은영은 펜리르와 싸우며 제법 독기를 품은 모양이다.

과거의 맹한 모습은 온데간데없고 말끝에서 강한 결기가 느껴졌다.

"그럼 사준혁의 위치와 경비 정보를 주겠어?"

"받으세요."

오은영이 렌즈 화면을 밀자 권산의 렌즈 화면에 봉래산 근방의 평면도가 펼쳐졌다.

빈민가의 골목 지도, 화기 배치, 인구 밀집 지역, 시타델로 가는 지름길, 퇴각로 등이 치밀하게 표현되어 있었다.

시타델 내부 평면은 심처까지는 나와 있지 않았는데 아무래도 현대식 보안 센서를 우려해 깊숙한 곳은 들어가지 못해서인 듯했다.

그래도 사준혁이 있는 내실의 위치는 그런대로 나와 있었다.

이 정도의 정보는 단시간에 얻을 수 있는 것이 아니다.

최소한 십여 일 이상 이곳에서 집중적으로 정탐을 한 모양이다.

"상당한 수준이군. 꼬리를 밟혔을 확률은?"

"없죠. 지금의 사준혁도 내 은신을 잡아내지 못했어요. 그자는 비열한 방식으로 가공할 에너지를 쌓아 공격력과 방어력은 가히 입신급이지만 감각은 예전 그대로예요. 저를 찾아내는 건 힘만 강하다고 되는 게 아니죠."

맞는 말이다.

무술의 경지를 개척한 것이 아닌 이상 신체 감각이 이능력 수준만큼 따라갈 리는 없다.

그러나 사준혁은 에너지 필드를 이용한 공간통제술을 펼칠 수 있으니 우연이라도 힘을 펼쳤다면 오은영의 은신을 감별할 가능성은 충분했다.

'운이 좋았던 건가?'

셋이 장소를 벗어나기 위해 막 걸음을 옮기려 할 때 권산의 육감에 번뜩이는 섬광과 공기를 찢는 총성, 날아오는 탄알을 주먹으로 튕겨내는 자신의 모습이 심상에 떠올랐다.

찰나지간에 이것은 천의력의 힘이며, 수 초 뒤 미래의 모습임을 깨달았다.

'암습이다.'

권산은 민지혜와 오은영의 허리를 껴안고 전력을 다해 이형보법을 전개했다.

현경에 이른 지금 권산의 움직임은 물리 법칙을 모조리 무시한 뇌전 그 자체였다.

연거푸 잔상이 몇 군데 찍히더니 삽시간에 50m 뒤로 후퇴했고, 그 뒤 라이플탄을 시작으로 기관총탄이 권산이 있던 자리를 벌집으로 수놓았다.

"의도적으로 네 뒤를 밟은 거야. 벌처 어디 있어? 민 실장을 데리고 전력으로 도주해."

"제길! 미안해요. 벌처는 저쪽이에요."

권산은 한줄기의 삭풍처럼 내달려 오은영의 벌처가 숨은 바위 아래에 도착했다.

오은영은 민지혜를 벌처의 뒤에 태우고 입술을 깨물며 먼저 퇴각했다.

둘은 공노파와 사전에 정한 접선지에 도달한 뒤 호리곡으로 공간 이동을 할 것이다.

"지금쯤 내가 왔다는 걸 알았겠지, 사준혁. 우리의 악연을 끝낼 때가 왔다."

권산은 봉래산을 향해 내달렸다.

이렇게 된 이상 속공이 답이었다.

오은영의 지름길 루트로 향하는 권산의 앞에 펜리르의 이능력자와 추종자들이 마구잡이로 쏟아져 나왔다.

권산은 탈로스를 불러내 착용한 뒤 총탄을 의식해 벽력탄강기의 방어를 두르고 블랙 그래비티에 중량 증가 마법을 걸어 무차별적으로 휘둘렀다.

쿠아앙!

퍼엉!

온몸을 금속으로 바꿔 돌진하는 근접계 이능력자들의 육체도 참격의 힘을 감당하지 못하고 마구 절단되어 파괴되었고, 원소계 이능력자들 역시 권산이 만들어낸 파편에 몸이 뚫려 삽시간에 벌집이 되어 절명했다.

"으아악! 인간이 아니다!"

"어떻게 혼자서!"

"죽어!!"

추종자들은 개인화기로 권산을 노렸지만, 벽력탄강기를 뚫고 들어오며 약해진 총탄의 물리량으로는 탈로스의 장갑면에 빗방울 소리만 남길 뿐이었다.

수백 명을 정리한 뒤 시타델에 도달했고, 권산은 정면의 철문을 그대로 걸어찼다.

쿠앙!

철문이 폭발하듯 비산하며 내부로 찌그러졌고, 권산은 그 속을 향해 큰 돌덩이 하나를 걸어찼다.

사람만 한 바위가 대포처럼 쏘아져 가자 그 속에 있던 다섯 명의 인간이 피 떡이 되어 벽에 처박혔다.

머리색을 보건대 이능력자들이었다.

권산은 탈로스의 투구 부분을 해체했다.

펜리르에 자신을 각인할 필요가 있었다.

"미친! 한 놈이다!"

"한 놈이라니! 어, 현무 길드의 권산인데?"

"어? 실종 상태라고 들었는데 왜 우리 펜리르를 공격하는 거지?"

"몰라! 죽기 싫으면 죽여!"

벌떼처럼 이능력자들이 달려들었지만, 불벼락은 벽력탄강기에 막혔다.

날카로운 물체 또한 염력의 힘으로 쏘아져 왔으나 권산은 빠른 보법으로 아예 회피해 버렸다.

슈슈슉!

"뭐, 뭐야!"

권산은 검강을 뽑아 닥치는 대로 베어버렸다.

몸을 광물로 변화시켜 막아보려 한 펜리르나 값비싼 갑옷을 구비한 펜리르 모두 하나같이 몸이 두 토막이 나서 피분수를 뿌려댔다.

무자비한 살육.

30명의 펜리르가 목이 떨어지자 남은 펜리르 전체가 죽기 살기로 도망쳤다.

권산은 몇 명 더 정리하다가 통로가 확보되자 시타델의 심처로 들어섰다.

의외로 내부는 상당히 깨끗했다.

소란 통에 상주하던 이들이 전부 도망친 듯했지만, 이들이 남기고 간 자리는 어중이떠중이들의 집합소라 하기엔 상당히 체계적이었다.

다수의 민간인이 마치 헌터를 서포트하는 길드원들처럼 각자의 컴퓨터 앞에 앉아 펜리르에게 일감을 전달하고 수익에 대한 처분을 대행하는 것 같았다.

이 시설의 끝에 보안 룸이라는 철문이 하나 더 있었다.

그 문 역시 불꽃을 튀며 검강에 잘려 나가자 방 안에 있던 두 사람의 형상이 연기 속에서 드러났다.

사준혁과 더벅머리의 남자 연구원 두 명이었다.

여유 있게 팔짱을 낀 사준혁과 달리 연구원은 두 손으로 노트북을 껴안고 덜덜 떨었다.

권산은 본능적으로 저 물건이 예의 '엔지니어의 노트북'임을 직감했다.

"오은영이 대어를 물고 왔군. 설마 은영이를 보낸 게 너일 줄이야."

권산은 이 소란 통에도 도망가지 않고 여유로운 사준혁을 보고 실소를 머금었다.

"쥐새끼 같은 놈이 많이 컸군."

"예전의 내가 아니다, 권산. 언제고 찾아내어 죽여줄 생각이었는데 이리 와주다니 고맙군."

"근자에 악명이 자자하더군, 사준혁. 네가 펜리르란 조직을 규합한 것인가? 한데 너 혼자 이만한 조직을 만들다니 믿을 수 없는데 말이야."

"크크, 꽤 그럴싸하지? 뭐 여러 가지로 운이 좋긴 했지. 하지만 네게 전부 이야기할 필요가 있을까? 이제 그만 입 다물고 죽어라."

사준혁은 360도 방위에 에너지 막을 두르고 한 팔을 휘둘렀다.

전방의 공기가 벌떼처럼 떨리며 거대한 주먹이 되어 날아왔다.

일순간에 전개한 것치곤 무지막지한 힘이 느껴졌다.

권산이 이형보로 살짝 피하자 공기의 주먹은 시타델의 벽 한쪽을 무너뜨리며 하늘로 빠져나갔다.

만약 맞았다면 벽력탄강기로도 완벽히 막아내기 어려운 위력이었다.

사준혁은 지면을 폭발시키며 그 반탄력으로 무너진 벽면을 통해 빠져나갔다.

그도 권산이 얼마나 근접전에 강한지 알았다.

너무 붙어서는 에너지 폭발로 인해 본인까지 피해를 입는다.

그러니 자신의 장기로 싸우기 위해 넓은 공간으로 자리를 옮긴 것이다.

권산은 그의 뒤로 초살참을 거푸 두 번 날렸다.

전광석화같이 따라붙은 푸른 달이 사준혁의 에너지 막에 부딪쳤고 에너지 막은 파괴될 듯 크게 찌그러졌지만, 사준혁이 다시금 에너지 부여를 시전하자 금세 복구되었다.

사준혁은 시타델의 흑색 콘크리트 첨단에 중심을 잡고 서서 미간을 찌푸리며 권산을 노려보았다.

"미치겠군. 대체 이 어처구니없는 파괴력은 뭐지? 정말 넌 불가사의다, 권산. 초월급 이능을 흔들 수 있다니."

권산은 살기를 끌어 올렸다.

초살참으로도 뚫어내지 못했다면 비전을 사용하지 않고서는 죽이지 못한다.

적을 죽이겠다면 권산에게는 요란하지 않고 효율적인 수단이 있었다.

'살투기.'

권산의 머리에서 뿜어진 무색의 기운이 시선의 인도를 받아 사준혁을 향했다.

겉으로 요란하게 보이는 기술은 아니었지만, 급격한 속도로 심력과 내공이 소모되었다.

에너지 막을 투과해 사준혁의 귀로 기운이 들어가자 삽시간에 사준혁의 뇌까지 도달해 심맥을 붙잡았다.

"크억!"

사준혁은 시야가 하얗게 변하는 것을 느꼈다.

장담컨대 인간이 느낄 수 있는 최대한의 고통이 바로 이런 것이리라.

대뇌가 타들어가는 고통을 느끼며 사준혁은 털썩 무릎을 꿇었다.

미리 알고 있었다면 정신 속에 장벽을 세워 어떻게든 버 텼을지도 모른다.

그러나 부지불식간에 현경급 고수가 전개한 심공을 막아 낸다는 건 신족이 아니고서는 불가능한 일이었다.

사준혁은 칠공에서 피를 터뜨리며 최후의 이능을 전개했 다.

반경 30장의 공간에 이능력이 집중되며 사준혁을 중심으 로 무지막지한 흡입력이 작용했다.

"크아악! 에너지 홀!"

쐐애애액!

허리케인 같은 맹렬한 바람이 일어나며 사준혁의 주변으 로 가공할 폭풍이 몰아쳤다.

권산은 전력으로 천근추를 전개했고, 10미터를 남기자 빨 려드는 것을 막을 수 있었다.

그의 주변으로 주변에서 밀려든 온갖 물체가 그의 에너 지 막에 부딪쳐 무지막지한 압력으로 압착되어 축소되었다.

'엄청난 압력이군. 이게 더 지속되면 시타델이 통째로 날 아간다. 그러면 노트북도 무사하지 못해.'

권산은 내공을 전력으로 끌어 올렸다.

에너지 막 주변 장애물에 가려 더 이상 사준혁은 보이지도 않았다.

그 뒤의 에너지 막은 그 어느 때보다도 단단할 터이다.

'용살검법 후반 3식 무검천류.'

휘두른 블랙 그래비티의 검첨이 흐릿해졌다가 은빛 섬광을 남기고 사라졌다.

조용한 검이었다.

하지만 결과는 결코 조용하지 않았다.

10미터의 공간을 뚫고 사준혁의 심장을 정밀하게 베어낸 것이다.

그 어떤 방어막도 공간을 가르는 검을 막아설 수 없었다.

'컥!'

사준혁은 비명도 지르지 못하고 절명했지만, 한 번 폭주한 이능력은 바로 사라지지 않았다.

그의 에너지 막이 사라지자 삽시간에 사준혁의 육체가 공처럼 말리며 일점으로 압축되었다.

육안으로 잘 보이지 않을 수준까지 축소되자 마침내 임계를 넘어 폭발했다.

쿠아앙!

파괴적인 충격파는 없었으나 감히 지구에서는 상상할 수 없는 엄청난 광량이 일점에서 터져 나왔다.

태양의 플레어가 그럴까 싶을 정도의 초월적인 빛이었다.

이는 사준혁이 그동안 흡수한 수백 명의 에너지가 빛으로 화해 하늘을 꿰뚫을 듯 솟구친 것이다.

그 광대한 빛의 기둥은 심지어 서울에서도 관찰될 정도로 장대했다.

권산은 빛의 기둥 한 중심에서 두 눈을 감고 호신강기와 벽력탄강기에 내공을 불어넣고 있었는데 번개처럼 한 가지 생각이 스쳤다.

'지금 흡태양진기를 펼친다면?'

권산은 호신기를 거두고 흡태양진기의 호흡을 시작했다.

기대대로였다.

'이, 이럴 수가!'

엄청난 기운이 밀려들었다.

극도로 정제된 양기였다.

한 번의 호흡에 통상의 100배에 달하는 효과가 있었다.

권산은 가부좌를 틀고 끝없이 밀려드는 황금빛 광채를 호흡과 피부를 통해 흡수했다.

사준혁이 쌓아온 수백 명분의 에너지를 흡태양진기를 이용해 내공화했다.

10분 후.

빛의 기둥이 사라지자 권산은 가부좌를 풀고 두 눈을 떴다.

신광과 같은 위엄이 안광에서 줄기줄기 뻗어 나왔다.

"30갑자에 달했구나."

본래의 12갑자 내공에서 사준혁이 터뜨린 18갑자를 더 흡수한 것이다.

중단전과 하단전에서 주체할 수 없는, 말도 안 되는 기운이 느껴졌다.

그러다 안광이 차츰 가라앉고 겉으로는 어떤 투기도 느껴지지 않는 범인처럼 화했는데 이는 권산의 내공이 등봉조극(登峰造極)에 달했기 때문이다.

사준혁의 죽음이 권산에게는 크나큰 기연을 안겨준 셈이다. 역사상 2천 년에 가까운 내공을 쌓은 이는 암천마제 이래로 사상 처음이리라.

권산은 가루로 변한 사준혁의 흔적을 바라보다 다시 시타델에 들어가 노트북을 가진 연구원을 찾았다.

더벅머리 연구원은 구석에 처박혀 벌벌 떨다 권산과 눈을 마주치곤 소스라치게 놀랐다.

"아, 아노."

'흠. 일본인?'

권산은 그에게 일본어로 몇 가지를 물었다.

연구원이 맞다고 고개를 끄덕이자 그대로 그자와 노트북을 붙잡아 시타델에서 빠져나와 적당한 곳에서 공노파를 호출해 호리곡으로 공간 이동 했다.

호리곡에서는 민지혜와 오은영이 권산을 기다리고 있었다.

"수고하셨어요. 지금 통일한국의 매스컴에서 부산 시타델 몰락에 대해 대서특필하고 있어요. 권산 님과 사준혁의 대결이 원거리 카메라에 잡힌 모양이에요."

민지혜가 A4용지 크기의 투명 디스플레이를 뒤집어 권산에게 보여주었다.

허리케인이 몰아치고 빛의 기둥이 터져 나오는 짤막한 영상이었다.

권산이 펼친 것은 살투기와 무검천류뿐이었지만 사준혁의 이능이 만들어낸 광경이 워낙 경이로워서 뭔가 대단한 대결을 벌인 것처럼 스펙타클했다.

영상의 말미에는 빛의 기둥 속에 두꺼운 갑주를 입은 남성이 줌 촬영에 잡혔으나 워낙 빛이 강해서 얼굴까지 보이지는 않았다.

권산의 입장에서는 다행스러운 일이었다.

"대충 수습된 듯하군. 이자는 일본 정부의 나카모토 연구원이야. 펜리르의 규모나 체계로 보아 사준혁 단독 설립은 아닐 것 같긴 했지만, 역시 일본 정부가 뒤를 대고 있었어. 이자는 일본이 꾸민 모종의 계획 때문에 사준혁을 돕고 있더군. 자, 나카모토. 사준혁은 그 노트북으로 뭘 하려 했지?"

"으으, 나는 잘 모르지만, 이 노트북에는 GS사 군수품을 해킹할 수 있는 컴파일러가 있어요. 사준혁은 게오르그 슈미트사가 납품한 군수 체계를 해킹해 통일한국을 무너뜨릴 작정이었을 것 같아요. 저는 그냥 평범한 엔지니어라서 잘은 모릅니다."

"통일한국군에서 운용 중인 GS사 무기 체계는 제법 많지. 하지만 GS—1, GS—2 정도의 능동형 무기는 거의 없어. 대체 해킹으로 무슨 덕을 보겠다는 거지?"

"저는 잘은 모르지만, 통일한국의 괴수 방벽의 핵심 무기인 M—캐논만 무력화시켜도 충분하다고 들었어요. 해킹으로 일시에 전 방벽의 M—캐논을 가동 중단시키고 방벽 곳곳에 테러를 가한다면 통일한국은 하루 안에 무너진다고 들었어요. 잘은 모르지만."

권산과 민지혜, 오은영은 나카모토의 말을 듣고 어이가

없었다.

펜리르의 진정한 정체가 일본 정부의 하수인이며 통일한 국 정부를 장악하기 위한 교두보였다니…….

통일한국 출신인 셋은 분노를 참기 어려웠다.

침착한 민지혜도 손을 부들부들 떨 정도였다.

"이런 천인공노할 놈들. 내 나라를……."

권산이 그런 민지혜의 어깨를 두드리며 나직이 읊조렸다.

"됐어. 주동자들은 언제고 손봐준다. 우선 노트북을 손에 넣었으니 유럽의 GS시리즈를 해킹할 수 있는 루트를 알아봐야 해. 민 실장이 맡아줘."

"네. 반드시 해낼게요. 저 나카모토는 제게 붙여주세요. 간단히 프로필 조회를 해봤는데 동경대 출신의 뛰어난 재원이네요. 젯값을 치를 정도만 제가 부리죠."

민지혜는 나카모토를 데리고 그녀의 작업실로 사라졌다.

그에게는 밤샘이 기다리고 있을 터이다.

민지혜가 사라지자 오은영이 권산을 빤히 바라보았다.

펜리르의 추적을 뿌리치기 위해 어쩌다 보니 공간 이동을 통해 호리곡에 와버렸다.

사준혁에게 복수한다는 소기의 성과는 이미 달성했으니 앞으로의 거취를 정해야 한다.

"저… 꽤 큰일을 하시는 것 같은데 제가 껴도 될까요?"

"모르는 사이도 아니고 동료가 되고 싶다면 환영이야."

"그럼 잘 부탁드려요."

오은영의 이능력인 은신은 희귀한 능력이었다.

마법으로 잡아낼 수 있을지는 확인해 봐야겠지만 은신 이능은 마력에 기반을 둔 기술이 아니기 때문에 발각되지 않을 확률이 컸다.

즉 화성 프로젝트에 유용하게 쓰일 수 있다는 것이다.

"일단 호리곡을 구경하고 있어줘. 필요하면 부를게. 숙소는 민 실장에게 지정받고."

대강의 일을 정리한 권산이 호리곡의 지상 출구를 향해 걸어갔다.

지상 출구 밖 멀리 지평선 방향에서 괴수의 울부짖음과 굉음, 밝고 어두운 기운이 연속으로 점멸했다.

말라키 사제단이 천각지네를 사냥하고 있는 것이다.

"너무 멀어서 안 보이네. 이데아, 사냥 장면을 보여줘."

—블랙 로즈의 렌즈 화면이 열려 있네요. 화면을 공유합니다.

권산의 시야에 블랙 로즈의 시야가 실시간으로 중첩되어 나타났다.

이미 천각지네는 전신의 갑각이 깨져 녹색 피를 흘리고 있었다.

하늘에는 블랙 로즈가 불러낸 흑천사와 사제단이 소환한 빛을 내뿜는 12성녀의 광 무리가 떠올라 있었다.

말라키 사제단의 이능력은 특별한 차원의 정신력으로 뭔가를 형상화시켜 대상을 공격하는, 소위 소환술 계열에 특화된 듯했다.

더구나 이들이 믿는 종교의 색채를 빌려 정신체가 형태를 고정했기에 그것이 천사와 성녀의 형상이 된 듯했다.

이광문은 겨우 숨을 부지한 천각지네에게 다가가 정신감응을 시전했다.

목숨이 간당간당함에도 불구하고 무려 30분을 시전하고서야 겨우 천각지네의 정신을 장악할 수 있었다.

이광문은 천각지네에게 육체를 회복하고 호리곡에서 바티칸 인공 섬까지의 지하 터널을 뚫을 것을 명령하고는 사제단과 함께 준비된 쿼드 캐리어에 올라탔다.

일단 임무는 완수한 것으로 보였다.

다만 초반에 당한 것으로 보이는 두 명의 사제의 시신이 흰 천에 덮여 쿼드 캐리어에 마지막으로 올라왔다.

'희생자가 있군.'

가루다의 피로 마비를 시전하고 전투를 했음에도 불상사가 난 것을 보니 과연 A급 괴수는 A급 괴수였다.

돌아온 말라키 사제단을 격려하고 하루 휴식을 취한 후 권산에게 급한 메시지가 전달되었다.

발신자는 젤란드의 매튜 노바첵 남작이었다.

7장
대진격

［급전. 두 가지의 급한 메시지가 있어서 단말기를 사용합니다. 첫째는 공작님을 찾아온 오크족이 있습니다. 아글버트 백작령에서 포획되었는데 격전 중에 공작님의 이름을 대었기 때문에 생포한 뒤 수도로 압송시킨 상황입니다. 오크는 스스로를 듀라이라 불렀습니다. 정말 공작님이 아는 오크인지 왕궁에서도 확인을 요하고 있습니다. 둘째는 제국의 대소집령 소식입니다. 최근 발레스의 오크족 권력 체계에 급변이 벌어진 모양인데 제국의 정보국에서 이를 꽤 심각하

게 받아들이는 모양입니다. 황제의 칙령으로 왕국의 정예군을 모아 발레스에 선제공격을 가하려는 모양입니다. 그 두 가지 이유 때문에 젤란드 왕실에서 공작님의 입조를 요구하고 있습니다.]

민지혜는 디스플레이를 접었다.

지구의 일이 마무리되자마자 화성에서 일이 터진 것이다.

"바로 가실 거죠?"

"그래야겠지?"

"오랜만에 미나 씨 보고 가셔야 할 텐데 상황이 너무 급하네요."

권산은 화성 프로젝트 중 북방 개척을 끝내고 지구로 돌아간 미나를 회상했다.

모종의 소식을 듣고 돌아갔는데 이후 연락이 없었다.

무척이나 해소하기 어려운 일에 얽힌 모양이다.

"미나에게 대체 무슨 일이 벌어진 거지?"

민지혜는 곤란하다는 듯 머리를 긁적이다가 안경을 매만지곤 입을 열었다.

"마무리 단계이니 이제는 말해 드려도 되겠죠. 실은 진성 그룹이 화성 프로젝트에 대는 자금의 출처가 그리 투명하지 못해요. 프로젝트의 보안을 유지하자면 투자 여부를 진성그룹 이사회 안건으로 올릴 수도 없는 데다 수익성 여부도 불투명하니 통과도 장담하기 어렵죠. 그런 이유로 총수께서 나노그 프로젝트의 공사 비용 안에 화성 프로젝트 추진비를 슬쩍 섞는 방법을 썼어요. 나노그 쪽에 워낙 천문학적인 공사비가 들다 보니 화성 프로젝트 추진비 정도는 그 속에 녹여도 티가 안 나기 때문이죠. 그런데 이사회 중 반대파 일부가 이걸 눈치챘어요. 미나 씨는 진성우주산업의 사장이기 때문에 이를 수습해야 했죠. 총수 일가가 횡령, 배임으로 기소될 위기였는데 지금은 대충 정리한 모양이에요."

"주주들에게 공개하지 않았으니 충분히 그럴 수 있겠군."

권산이 화성에서 벌이는 많은 일에 진성그룹의 인적, 물적 백업은 필수불가결한 요소였다.

권산은 자신도 모르는 곳에서 치열하게 싸워준 미나에게 고마움을 느꼈다.

"좋아, 우선 화성으로 가지."

"멤버는 어떻게 하시겠어요?"

권산은 동행이 가능한 동료들을 빠르게 연상했다.

이번 임무는 오크족의 땅으로 들어갈 확률이 무척 높기 때문에 무력보다는 은밀함이 생명일 것이라는 판단이 들었다.

"오은영을 붙여줘. 그녀의 힘이 필요할 것 같군."

*   *   *

양자터널을 넘어 화성 숙영지에 도착하자 권산은 매튜의 단말기에 위성 전화를 걸었다.

매튜는 현재 카르타고의 왕실에 들어가 있었는데, 얼마나 다급했는지 비상한 방법을 제안했다.

—일리아나 공주님이 주신 텔레포트 링을 쓰시는 게 어떠십니까? 공주님과 이야기는 됐습니다.

권산이 승낙하자 얼마 되지 않아 텔레포트 링에서 미약한 빛이 새어 나왔다.

일리아나가 젤란드 왕실에서 호출 시동어를 외친 것이다.

권산 역시 호출 시동어를 외쳤다.

빛은 더욱 강해졌다.

일리아나가 끼고 있는 반대편 링에서도 비슷한 정도의 빛이 나오고 있을 터이다.

"오은영, 이리 와. 바로 공간 이동 한다."

"에엑! 여기 구경도 다 못 했는데요?"

"급해."

오은영이 슬쩍 투덜대며 권산에게 다가왔다.

그녀로서는 화성행이 처음인지라 모든 것이 생소하고 신기한 것이다.

권산이 그녀의 어깨에 손을 올리고 시동어를 외쳤다.

"매직링 텔레포트!"

둘의 신형이 광휘에 휩싸였고, 이윽고 메마른 화성의 바람이 둘이 있던 자리를 스쳤다.

슈우웅!

위대한 마나의 힘.

일리아나의 앞에 빛의 입자가 빠르게 모여들며 두 사람의 모습을 만들어냈다.

장소는 왕실 정원이었다.

오은영은 현기증이 느껴지는지 잔디밭에 털썩 주저앉았고, 권산은 한 번의 심호흡으로 균형을 잡고 일리아나를 보며 인사했다.

"오랜만에 인사드립니다, 일리아나 공주님."

백금발을 치렁치렁하게 늘어뜨린 일리아나 공주는 특유의 묘한 눈빛으로 권산을 응시했다.

"공작님은 대체 어디 있으셨던 거죠? 수차례 호출했는데 링에 반응이 없었어요."

권산은 바로 대답할 수 없었다.

아무래도 지구에 있을 때 일리아나가 링 호출을 한 모양이다.

행성 간 호출은 불가능했다.

"나름의 사정이 있었소. 지금 일이 급박한 모양인데 상황을 들어볼 수 있겠소?"

"그러죠."

일리아나는 정원 테이블에 앉아 우아한 자세로 차를 한 모금 마셨다.

봄꽃처럼 향기로운 자태였다.

"발레스에 새로운 워칸이 나타날 모양이에요. 오크족은 2년에 한 번씩 워칸을 재선출하는데 당대의 워칸인 듀칸달은 무려 10년간 도전자를 물리치며 그 자리를 놓치지 않았죠. 이를 보더라도 듀칸달이 그랜드마스터에 버금가는 대단한 강자임에는 틀림없어요. 그런데 그가 얼마 전 본거지에서 미지의 적에게 당해 죽었어요. 제국의 정보국이 이를 포착했죠. 제국 황실에서는 9할의 확률로 새로운 워칸이 선출되면 대종족 전쟁이 발발할 것으로 예상하고 있어요.

이는 우리 왕실도 같은 생각이고요. 그동안의 역사가 이를 증명하고 있죠. 그래서 제국은 오크병단이 체계를 갖추기 전 혼란스러운 이때 선제공격을 가할 계획이에요. 지금 이 순간에도 대소집령을 받은 각 왕국이 최전선인 키프록탄에 병력을 집결시키고 있죠."

현 화성의 정세를 보건대 제국의 이와 같은 군사 전개는 시의적절한 판단이라고 하지 않을 수 없었다.

"얼마나 모이는 것이오?"

"제국과 6대 왕궁을 통틀어 도합 10개 기사단의 랜서 5천에 보병 10만 명, 마법병단 1천명 규모가 될 듯해요. 우리 젤란드도 1개 기사단과 2만 명의 창병을 파견했죠. 국왕폐하가 노스랜더 공작을 급히 찾은 건 우리 젤란드군의 총지휘를 맡기고자 함이에요."

일리아나의 말이 끝났지만 권산은 오래도록 입을 열지 않았다.

총사령관이 되는 것에 대한 고민은 아니었다.

권산이 주목한 건 미지의 적이 듀칸달을 죽였다고 말한 부분이었다.

'오크족의 워칸을 죽일 만한 미지의 적이라니. 화성에 그런 세력이 존재한다는 말인가?'

권산의 뇌리에 어떤 직감이 스쳤다.

'스키마가 비프로스트 게이트를 가지고 북동쪽으로 도망쳤지. 거기서 조금만 더 남쪽으로 내려가면 발레스 지역이다.'

비프로스트 게이트만 건재하다면 지구에 대기하고 있는 수천 대의 GS시리즈를 화성에 곧바로 투사할 수 있다.

듀칸달이 아니라 듀칸달 할아버지라 할지라도 그런 전력에는 당해낼 수 없다.

이 시나리오가 사실이라면 GS사의 잔당은 발레스 심처 어딘가에 근거지를 마련했을 터이다.

인간 연합군의 일원으로 참전하여 오크족을 밀어내야만 암천마제의 화성 세력을 뿌리 뽑고 비프로스트 게이트를 확보할 수 있었다.

"제안한 총사령관직을 맡도록 하겠소."

"좋아요. 그럼 이 칙서를 받으세요. 전쟁이 끝날 때까지 대공의 위를 유지한다는 임명서예요."

라트로 국왕과 일리아나는 이미 권산이 오기 전에 모든 조율을 끝낸 모양이다.

대공은 공작 중에서도 세력이 큰 대제후를 일컫는데 라트로 국왕은 제국의 귀족을 만나기 전에 권산의 작위를 높여 제국과 어느 정도 격을 맞추고자 한 듯했다.

"매튜 남작이 마탑까지 대공을 안내해 주세요. 마탑에서 키프록탄의 마탑까지 바로 텔레포트할 수 있어요. 아마 우리 군대도 집결지에 거의 도착했을 거예요."

"가기 전에 나를 찾아온 오크를 보고 싶소."

일리아나가 고개를 끄덕이고 경비병을 불러 오크를 데려오게 했다.

온몸이 결박되고 여기저기 부상을 입은 건장한 오크가 끌려왔는데 과연 권산이 아는 그 듀라이였다.

"내가 아는 오크가 맞소. 일단 풀어주시오."

경비병들은 경계했지만 일리아나가 명령하자 오크의 결박을 풀고 물러갔다.

"젤란드군의 사령관으로서 듀라이를 내 참모로 삼겠소. 오크족의 정세에 밝으니 도움이 되겠지. 자, 매튜, 가자."

권산은 매튜와 오은영, 듀라이와 함께 마탑으로 향하는 마차에 올라탔다.

폐쇄된 마차 안에서 매튜에게는 오은영을 동료로 소개했으며, 듀라이에게는 어쩌다 자신을 찾아오게 된 것인지 물었다.

"취익! 권산 워치프, 때가 됐습니다. 천둥씨족의 대표로

서리바위 군장 선발에 나가고 그다음 워칸에 도전하십시오."

"듀라이, 당대의 워칸이 죽었다는 것은 나도 조금 전에 들었다. 내가 묻지. 만약 지금 인간의 대군이 오크의 땅에 쳐들어가는 상황이라도 워칸 경합이 벌어지는 것이냐?"

"취익! 워칸 경합은 무슨 일이 있어도 멈추지 않습니다. 오히려 인간의 침공에 대응하고자 서둘러 군장을 뽑고 그중에서 워칸을 선출할 겁니다."

"하면 내가 곧장 오크의 땅으로 가서 경합에 뛰어든다면?"

"취익! 천둥씨족의 워치프시니 서리바위 군장 경합에 참여하셨다면 좋았겠지만, 워치프시여, 이미 때가 늦었습니다. 지금쯤 씨족이 속한 서리바위 군벌의 군장이 나왔을 겁니다. 그렇다면 오직 워칸 경합만이 남은 상태입니다."

군장[War Lord].

대부족 군벌 지도자인 군장이 되어야만 워칸 선발전에 나갈 자격이 있다.

권산은 오크 세계에 단독으로 뛰어들어 워칸이 됨으로써 인간과의 충돌을 막고 GS사의 화성 세력을 견제할 수 있었지만 현재로선 최적의 타이밍이 어긋났다는 것을 인정했다.

"좋아, 아쉽지만 조금 돌아가야겠다. 듀라이, 워칸 선출을 최대한 방해할 수 있는 방법이 뭐지? 말해줄 수 있겠나?"

듀라이가 잠시 고민하더니 이내 어금니를 깨물며 답했다.

"크신 어머니 산의 제즈릴 계곡에 태초의 샤먼 성지가 있습니다. 그곳엔 오크족 제일의 보물인 오그마의 눈이 있죠. 워칸이 되려면 오그마의 눈에 피를 흘리는 것으로 대정령의 세계에 존재를 각인합니다. 위대한 선조들에게 일종의 신고를 하는 것이라 할 수 있죠. 그런데 새 워칸이 만약 이 전통을 지키지 못한다면 우리 오크족은 그를 완벽한 워칸이라 받아들이지 못할 것입니다."

오크족과 같은 씨족 연맹 문화권에서는 선조들의 전통이 갖는 가치가 현대인들이 상상하는 것보다 훨씬 큰 것임에 틀림이 없었다.

"오그마의 눈이 얼마나 크지?"

"저도 본 적은 없지만 어린 오크 머리통만 하다고 합니다."

"훔쳐 낼 수는 있는 크기로군."

"취익! 그렇습니다만."

오그마의 눈만 확보한다면 새 워칸의 정통성을 약화시키

고 오크의 결집력을 떨어뜨려 결과적으로 인간의 군대에 보탬이 된다.

그 틈에 발레스 깊숙이 진출하여 워칸을 처리한 후 그 뒤 오크의 땅 어딘가에 있는 GS사의 화성 세력을 처리한다.

권산이 뇌리에 이 일련의 전략이 빠르게 흘러갔다.

그런데 누가 오크의 밀지에 잠입하여 오그마의 눈을 훔쳐 낼 수 있단 말인가? 보나마나 높은 단계의 경계가 있을 것은 뻔했다.

"오은영, 너를 데려오길 잘했군."

"네?"

"다음에 말해줄게. 자, 마탑은 얼마나 남았지?"

매튜가 대답했다.

"수분 뒤에 도착합니다."

권산은 민지혜에게 메시지를 작성해서 보냈다.

아르고 용병대의 비공정을 키프록탄으로 전개해 달라는 요구였다.

구름 속에 숨거나 야간에 이동하거나 고도를 높인다면 비공정은 은밀하게 권산을 찾아올 수 있을 것이다.

　　　　　*　　　　　*　　　　　*

　키프록탄의 아롤드 대평원.

　제국과 6대 왕국에서 밀집한 11만 명의 병력이 한데 모이자 그 넓은 대평원이 빈틈도 없이 병력과 군마, 막사와 목책으로 메워졌다.

　키프록탄의 오셀로프 마탑부터 말을 타고 쉼 없이 달려온 권산 일행은 그 초입의 언덕배기에서 그 광경을 내려다보았다.

　견문이 넓은 권산조차 지평선 너머까지 뻗은 중세시대의 군세를 보니 감탄성이 절로 나왔다.

　"장관이로군."

　매튜가 동쪽을 가리키며 말했다.

　"젤란드 왕실의 깃발이 저쪽에 보이는군요. 거의 온 것 같습니다."

　권산과 오은영, 매튜, 로브를 깊게 눌러쓴 듀라이가 마침내 젤란드 진영에 합류했다.

　그곳엔 젤란드 최고의 기사라 불리는 두 사람이 권산을 기다리고 있었다.

　노엄 공작과 아글버트 백작이었다.

둘은 이미 권산이 대공으로서 총사령관으로 임명된 사실을 마법 통신으로 전해 들은 뒤였다.

"어서 오시게, 노스랜더 대공."

"오랜만에 인사드립니다, 대공."

권산에게 극도의 호감을 보이는 노엄과 과거 모건 후작의 측근이었다가 권산에게 힘으로 굴복당한 바 있는 아글버트의 어색한 태도는 참 대비되었다.

그러나 강직한 기사인 아글버트가 이 정도의 태도를 보인 것에 권산은 일단 만족했다.

사람의 마음은 힘만으로 얻을 수 없는 법이다.

발레스 정벌이라는 공통의 목표를 이루자면 아글버트의 힘도 필요했다.

"두 분 다 오랜만에 뵙습니다. 일이 급한 것 같으니 먼저 상황 보고를 받고 싶습니다."

아글버트가 눈짓하자 왕실 마법사인 토레스가 나섰다.

나이는 젊지만 책사로서의 소양이 있어 전쟁에 차출된 재원이었다.

그는 군사 행정가들이 작성한 두꺼운 전술서를 펴고 젤란드군의 군비와 병참, 병력 상황, 제국이 하달한 전략을 빠르게 보고했다.

"…제국 지휘부는 이 삼로병진 작전으로 오크의 군세를 오란바토르까지 밀어붙인 뒤 점령지를 초토화시키고 철수한다는 계획입니다. 이상입니다."

"우리 군의 위치는?"

"북로군입니다."

젤란드와 파르티아, 롬바르드 왕국군이 북로군, 제국이 중로군을 맡고 키프록탄, 그라임, 코린트 왕국군이 남로군을 맡아 세 갈래 길로 발레스로 치고 들어간다는 계획이었다.

거시적으로 보면 북로군이 본진의 좌군이 되는 전략이었다.

'정말로 오크족의 세력을 약화하고자 한다면 정예군을 따로 뽑아 사로군을 편성해 후방을 노리는 게 좋다. 하지만 오크족을 궁지에 몰아넣게 되고 곧 사생결단의 양상으로 전개될 테니 필연적으로 싸움은 장기화되겠지. 흠, 제국은 이 전쟁으로 인간의 영역을 늘리기보다는 오크 개체 수를 줄이는 데 목적을 뒀구나.'

권산은 이 전쟁이 번식이 빠른 오크족을 정기적으로 정리하면서 일종의 세력 균형을 맞추는 전략적인 싸움임을 직감했다.

권산은 막사 한편에 자리한 발레스 전도를 보고 듀라이

에게 물었다.

"듀라이, 크신 어머니 산의 위치는 어디지?"

듀라이가 가만히 걸어가 지도에 위치를 표시했다.

아롤드 대평원을 기준으로 보면 북동쪽으로 600㎞ 떨어진 위치였다.

오크족 워칸의 근거지인 오란바토르는 동쪽으로 800㎞ 위치이니 그보다도 직선 거리상으론 가까운 것이다.

렌즈 화면에 위성 맵을 띄워 지도와 겹쳐서 살펴보니 거리는 가까울지 몰라도 지형적으로 몹시 험하고 길이 없어서 대군을 운용하기에 적합한 지역이 아니었다.

'역시 소수의 인원이 비공정을 타고 침투하는 게 낫겠어.'

그때 노엄 공작이 진지한 말투로 입을 열었다.

"대공께서 참 적절한 때에 와주셨소. 오늘 밤 제국의 중앙 막사에서 작전 회의가 있는데 이게 출정 전 마지막 작전 회의라서 젤란다군 통수권자가 꼭 참석해야만 하오. 내가 대리로 가는 것도 한두 번이지, 아주 제국의 등쌀에 못 버틸 지경이었소."

"그동안 노엄 공작께서 고생을 하셨군요. 제가 마무리하죠. 한데 참석자들의 면면을 모르니 토레스를 데려가겠습니다. 여기 제 동료들에게 막사를 제공해 주시죠."

노엄이 군수 장교를 부르자 그가 오은영과 매튜, 듀라이를 인솔하여 막사를 빠져나갔다.

권산은 토레스를 대동하여 제국의 중앙 막사로 향했다.

"토레스, 솔직하게 말해주게. 젤란드가 이 연합군에서 차지하는 위상이 어느 정도지?"

토레스는 몹시 곤란한 표정을 짓더니 이내 한숨을 내쉬었다.

"일례를 들자면 대공께서 왕국의 귀족 중 가장 높은 작위를 가지셨지만 제국의 기준이라면 통상 백작급에 불과합니다. 병력면에서도 젤란드는 이번 연합에 창병 2만을 파견하여 머릿수로는 면을 세웠으나 기사단 전력이 빈약합니다. 화이트랜서 기사단의 3백 기마가 전부니까요. 마법병단은 아예 보내지도 못했죠. 아무래도 엘프족과 국경을 맞대고 있어서 전력을 온전히 보내지 못한 건 파르티아와 롬바르드도 마찬가지긴 합니다만, 그쪽은 마법병단을 보냈으니 우리보다는 조금 나은 편이죠. 아무래도 그런 분위기가 작전 회의 중에 느껴지실 겁니다."

'북로군이 전반적으로 찬밥 신세인데, 그중에 젤란드가 가장 심한 편인 듯하군.'

"제국의 총사령관은 누군가?"

"제국의 그랜드마스터인 휘리아나 우즈 공작이시죠."

"여자?"

"네. 모르셨나 보군요. 5대 군장 중 하나인 라이덴 프로스트의 주인이기도 하죠."

"흠, 성향은 어떤가?"

"철저한 능력주의자로 유명하죠. 본래 후작가이던 우즈 가문을 공작의 위에 올려놓은 당사자니까요."

중앙 막사에 접근할수록 권산의 기감에 상당한 수준의 기사들이 속속 감지되기 시작했다.

형형한 안광에 잘 발달된 육체를 가진 제국의 기사들이었는데 역시 검술회가 발달한 제국다운 면모였다.

권산이 막사에 이르자 토레스가 청지기에게 권산의 신분을 알렸고, 청지기가 막사 내부을 향해 외쳤다.

"젤란드군의 사령관 권산 노스랜더 대공 드십니다!"

권산이 막사에 들어 좌중을 살피니 상석에 앉은, 금발에 이목구비가 뚜렷한 여성의 좌우로 각국의 사령관들이 착석해 있었고, 중앙에는 작전 지도가 테이블 위에 넓게 펼쳐져 있었다.

"젤란드의 사령관이 드디어 납시었구만."

"얼마나 잘난 귀족이기에 마지막 작전 회의 때나 얼굴을 내미는 건지."

권산은 적대적으로 나오는 귀족들의 면면을 살폈다.

그들의 자리에 놓인 왕국의 상징으로 봤을 때 그라임과 코린트의 사령관들이었다.

권산은 일단 무시하고 휘리아나 공작에게 인사했다.

"젤란드의 권산 노스랜더입니다. 제국의 총사령관께 인사 올립니다."

휘리아나는 외모만으로 보자면 30대 중반이었지만, 실제로는 중년이 훨씬 넘은 것이 틀림없었다.

그녀는 일단 한 손을 들어 보이며 무표정하게 인사를 받았다.

"그대가 젤란드에서 새롭게 얻은 그랜드마스터로군. 생각보다 훨씬 젊군그래. 자, 앉게."

이윽고 작전 회의가 이어졌는데 북로군과 중로군, 남로군의 세부적인 진격 루트와 각 일자별로 점령해야 할 지역, 오란바토르 앞 대회전에 쓸 연합 전술 등을 논의했다.

작전 회의가 마무리 수순에 접어들자 권산을 타이밍을 놓치지 않고 발언권을 사용했다.

"이 전략은 우리가 오란바토르에 도달하는 800㎞의 원정 중에 오크족과 산발적인 전투만 벌일 뿐 결집된 오크병단이 조직적으로 반격할 수 있다는 가능성이 고려되지 않았습니다. 이에 대한 보완책을 준비해야 하지 않겠습니까?"

그러자 권산에게 반감을 보인 바 있는 그라임의 사령관이 실소를 터뜨리며 반박했다.

"젤란드 사령관께선 물정 파악이 느리신 모양이오. 오크는 지금 불의의 사태로 워칸을 잃고 내분에 휩싸여 있소이다. 새 워칸이 선출되려면 수개월은 족히 걸릴 텐데 무슨 조직적인 반격이 있을 수 있다는 말이오?"

좌중의 분위기를 살피자 다들 같은 생각을 하고 있는 모양이다. 다만 휘리아나만은 특유의 포커페이스를 유지하고 있었다.

"제가 파악한 정보대로라면 이미 오크 사회는 워칸 선출의 전 단계인 군장 경합을 끝낸 상태입니다. 이들은 곧 오란바토르에 모여 최종적으로 워칸 경합을 벌일 것입니다. 즉 새로운 워칸이 탄생하는 것은 넉넉잡아도 1개월 이내이고, 전투를 감안하면 연합군의 행군 속도는 하루 15㎞를 넘기지 못할 것이니 400~500㎞ 지점부터 오크족의 조직적 반격을 맞을 확률이 높습니다."

키프록탄의 사령관이 침음성을 흘리며 입을 열었다.

"그 정보가 사실이라면 확실히 우려스럽습니다. 오크 놈

들은 대장이 없으면 오합지졸에 불과하지만 강한 대장의 지
휘하에서는 목숨도 도외시하는 놈들이니까요. 우린 발레스
적진 깊숙이 전진해야 하기 때문에 한 번의 대회전에서 적
을 박살 내지 못하고 소모전 양상으로 전개되면 제대로 철
수도 못할 가능성이 있습니다."

그라임의 사령관이 다시 말을 받았다.

"사실일 리가 없지 않습니까? 우린 제국 정보국의 정보를
토대로 작전을 수립했어요. 이보시오, 노스랜더 대공. 대체
그 정보는 어디서 얻은 것입니까? 책임질 수 있소이까?"

권산은 자신감이 깃든 어조로 입을 열었다.

"물론입니다. 제 자신이 오크족 천둥씨족의 워치프이기
때문에 오크족 동향에 밝은 것이고요."

"말도 안 되는 소리! 인간이 오크족의 워치프라니! 총사령
관님, 이게 말이 되는 소립니까?"

좌중이 웅성거리자 휘리아나가 손을 들며 중재했다.

그녀는 사실 이와 비슷한 일을 들어본 적이 있었다.

50년 전 리처드 시황제가 오크족의 워칸이 되어 엘프들
과 싸운 진실에 대해서였다.

그녀 정도 되는 제국의 고위 귀족이라면 리처드 시황제의
비사에 대해 많이 알게 되는 법이다.

"그만. 일단 노스랜더 공작의 말을 들어보겠다. 그리고 인간이라 할지라도 오크의 인정을 받는다면 같은 씨족이 되는 일도 얼마든지 가능한 것으로 알고 있으니 그 일의 진실성에 대해서는 왈가왈부하지 말라."

좌중이 삽시간에 고요해졌다.

권산은 만족스러운 미소를 띠며 휘리아나를 바라보았다.

"이 때문에 연합군 전략의 키포인트는 새로운 워칸이 1개월 내 탄생하더라도 그가 오크족의 세를 규합하는 데 상당한 시간을 소요하게끔 만드는 데 있습니다. 그렇게만 되면 연합군이 오란바토르에 도달할 때까지 조직적인 반격을 받지 않을 수 있죠."

휘리아나의 표정이 살짝 움찔거렸다.

은연중에 놀란 마음을 감추지 못한 것이다.

"좋은 방안이 있느냐?"

"있습니다. 그건……."

권산은 워칸이 선출되면 '오가르의 눈'에 피를 흘려 넣고 정통성을 인정받는 의식을 한다는 것을 설명했다.

그리고 오가르의 눈이 있는 '크신 어머니 산의 제즈릴 계곡'의 위치 역시 자신이 안다는 점을 어필했다.

"최소한 오가르의 눈을 미리 훔쳐 내던지, 운 좋게 때가 맞아 워칸을 격살시킨다면 이 전쟁은 손쉽게 연합군이 가져가겠지요. 이 전술을 허락해 주신다면 우리 젤란드군이 이를 수행하겠습니다."

권산은 크신 어머니 산의 위치를 작전지도에 표기했다.

휘리아나는 그런 권산을 보며 다시금 입을 열었다.

"북로군의 진격 방향과 대략 일치는 하지만 지형으로 보나 거리로 보나 동선이 이어지지 않는데 어떻게 크신 어머니 산에 갈 생각이지?"

"일단 젤란드군을 두 개의 무리로 나누겠습니다. 기동성이 떨어지는 보병은 노엄 공작이 지휘하고, 저는 화이트랜서 기사단 3백 명을 이끌고 크신 어머니 산에 가겠습니다. 다만 이 정도 전력으로는 안심할 수 없으니 같은 규모의 두개 기사단을 지원해 주십시오. 또 마법병단도 필요합니다."

"크흠!"

"큭!"

다른 사령관들의 입에서 불편한 기색이 역력한 침음성이 터져 나왔다.

오크족의 비밀 계곡을 쳐야 하는 극히 위험한 임무에 자신들의 병력을 차출해 달라니…….

얼토당토않은 소리라며 책상을 치고 싶었으나 눈치를 보

건대 휘리아나가 권산을 신뢰하는 듯하니 쉬이 그러지도 못했다.

"좋다, 기사단 병력이 넉넉한 그라임에서 두 개 기사단을 젤란드 별동대에 지원하라. 마법병단은 코린트에서 지원하는 게 좋겠지."

둘은 죽을상으로 얼굴이 찌그러졌다.

하지만 제국의 명령을 거스를 수는 없는 일이었다.

"아, 알겠습니다."

휘리아나는 만족스럽다는 듯 고개를 끄덕이고는 큰 목소리로 선언했다.

"자, 출정은 내일 아침이다! 이만 작전 회의를 파한다!"

모두가 자리에서 일어나 막사 밖으로 나가는데 휘리아나는 두 사람을 불러 세웠다.

"키프록탄과 젤란드는 잠시 남게."

둘이 다시 착석하자 휘리아나는 주변 분위기를 살피며 낮은 음색으로 입을 열었다.

"모술 레이크 경, 그대는 자타가 공인하는 키프록탄의 그랜드마스터. 그대는 혹시 베놈 스트라이크의 주인을 만난 적이 없는가?"

키프록탄의 사령관인 모술 레이크는 짐작했다는 듯 조용

한 신색으로 답했다.

"역시 그녀가 제국에도 갔던 모양이군요. 저는 만났습니다."

"그랜드마스터를 모두 찾아간다는 말이 사실이었군. 베놈의 주인은 우리 제국의 그랜드마스터에게 모두 초청장을 보냈지. 5대 군장의 주인만이 알 수 있는 군장의 상징을 인장으로 찍어서 보내니 믿을 수밖에 없더군. 그래서 모술 경은 그녀에게 어떤 제안을 들었지?"

"거절할 수 없는 제안을 하더군요. 제 아들 중 하나를 소드마스터로 만들어준다고 했습니다. 스스로 깨닫기 전에는 도달할 수 없는 것이 바로 검술의 경지인데, 그녀의 제안은 실로 비상식적인 것이었습니다. 제가 불신하자 그녀는 대련으로 증명하겠다고 했습니다. 서로 5대 군장을 쓰지 않고 검을 맞대자 믿을 수 없게도 제가 밀렸습니다. 일견 숙련도가 높지 않아 보이는 오러 블레이드였지만 초인적인 힘과 스피드, 날카로운 기본기와 오러 아머 기술은 틀림없이 그랜드마스터급이었습니다. 대련에서 패하고 그녀의 제안을 받아들였습니다. 우리 키프록탄의 입장에서는 제 뒤를 이을 그랜드마스터를 키우는 게 국가 중대사입니다, 공작님."

권산은 제인이 탈로스를 착용한 채 모술 레이크를 꺾었

음을 깨달았다.

제인도 테트라 오러를 시전하여 검강을 끌어 올릴 수 있는 데다 탈로스의 출력을 빌렸다면 능히 모술 레이크를 상대할 수 있었으리라.

"우리 제국에서도 같은 제안을 했지. 나를 뺀 두 공작 역시 그대와 같은 고민이 있었지. 후대에 대한 고민 말이야."

수련만 하면 반드시 소드마스터가 될 수 있다는 제안은 이 세계의 무인들에게는 무척 매혹적인 제안이다.

나이트 검술로 소드마스터에 도달하는 것은 수련과 운이 겹쳐서 일어난다고 보기 때문이다.

그 확률 또한 무척 낮았다.

그랜드마스터로 말할 것 같으면 더 말할 나위 없었다.

휘리아나는 고개를 돌려 권산을 바라보았다.

뭔가를 꿰뚫어 보는 심유한 눈빛이었다.

"나는 자식이 없어. 우리 우즈가의 명맥은 사촌에게 넘어가서 유지는 되겠지만, 기사 가문의 명맥은 사실상 끊기겠지. 베놈의 주인은 내게도 제안을 했지. 나로서는 절대 거절할 수 없더군. 권산 경, 한번 맞혀보겠나? 그녀가 내게 무슨 제안을 했을 것 같은가?"

권산은 길게 고민하지 않고 대답했다.

제인이 휘리아나에게 무슨 말을 했을지 짐작하는 건 어렵지 않았다.

제인이 자신을 위해 인생의 방향을 틀었다는 것이 괴로울 뿐이다.

"우즈 공작님의 양녀가 되겠다는 것 아니겠습니까."

"그래, 바로 맞혔네. 베놈의 주인 제인 블레어는 이제 제인 우즈가 되는 것일세. 제국 제일의 레이디이자 최연소 그랜드마스터. 어떤가? 제인의 제안을 대가로 우리는 제인의 동료인 미지의 기사가 준비하고 있다는 마지막 전투에 동참하기로 했다. 모술 경도 마찬가지겠지?"

모술이 고개를 끄덕였다.

"그렇습니다. 그 미지의 기사가 누구이며 그랜드마스터가 전부 동원되어야 하는 그 전투가 무엇인지는 모르지만요."

"멀리서 찾을 필요가 없다. 바로 여기 있는 권산 노스랜더 대공이 바로 그 미지의 기사니까. 그렇지 않은가?"

권산은 진중한 표정으로 고개를 끄덕였다.

"그렇습니다."

"제국의 정보국이 쓸모가 있긴 있군."

모술이 권산에게 물었다.

"노스랜더 대공의 강함에 대해서는 들은 바가 있지. 한데 그 적이 누구요? 엘프 대군이오?"

"단 한 명의 인간입니다. 그자의 이름은 암천마제라 하지요. 초월적인 강자이며, 지금 저의 전투력은 그자의 50% 정도 수준일 것이라 판단합니다. 그러니 그랜드마스터급의 동료들이 필요한 것입니다. 자세한 건 차후에 말씀드리겠습니다."

휘리아나는 권산이 말한 50%라는 것에 내심 충격을 받았다.

은연중 풍기는 권산의 기세로 보건대 자신의 아랫줄로는 절대 볼 수 없었다.

"권산 노스랜더 대공이 어떤 실력을 갖추고 있는지 확인해 볼 수 있겠지? 그렇게 위험한 자라면 우리도 만반의 준비를 해야 할 테니."

"물론입니다."

셋은 막사를 나선 뒤 말을 타고 아롤드 평원을 한참을 달렸다.

달빛이 흐릿해질 무렵이 되었을 때 말에서 내린 뒤 권산이 말했다.

"근자에 익힌 저의 궁극기를 보여 드리겠습니다. 암천마제를 죽이기 위해 익힌 기술이지요."

권산은 안력을 돋워 주변을 살폈다.

5㎞ 정도 떨어진 곳에 뭔가 개떼처럼 빠른 짐승 1천 마리 정도가 평원을 질주하고 있었다.

평원의 미친 개 헬하운드로 보였다.

'압강술, 천하제일의 살초.'

권산은 두 손바닥 사이로 기를 모았다.

첫 번째 단계 압기경, 수백 가닥의 선이 구의 형상으로 압축되었다.

점차 밝은 빛을 내는 파괴적인 기운으로 그 불안정함을 지켜보던 모술이 침을 꿀꺽 삼켰다.

마침내 광환이 생성되자 이것에 압강술의 기운을 혼합해 고형화시켰다.

점점 광환은 작아지며 안정되고 빛이 사그라졌다.

이윽고 구슬만 한 다이아몬드가 권산의 두 손바닥 사이에 떠 있다.

"어처구니없는 기술이군. 물질을 만들다니."

휘리아나가 질렸다는 듯이 혀를 내둘렀다.

보기에는 평범했으나 그 기운은 실로 압살당하는 기분이었다.

"하압!"

권산이 압강의 구슬을 쏘아내자 구슬은 5㎞를 날아가 직경 1㎞의 면적을 그야말로 소멸화시켰다.

광대한 굉음과 빛, 진동이 셋을 덮쳐오자 휘리아나가 검을 뽑아 검막을 전개하여 충격파를 차단했다.

쿠쿠쿠쿠쿵!

콰콰콰콰!

압강술이 전개된 대지에선 1천 마리의 헬하운드 소멸, 테레스켄 한 포기 살아남지 못한 죽음의 기운이 넘쳐흘렀다.

"대, 대단하군!"

"이런 미친 위력이라니!"

둘은 감탄성을 감추지 못했다.

9서클 메테오 스트라이커가 보일 법한 가공할 파괴력이었다.

가히 5 대 군장의 궁극기는 명함도 못 내밀 만한 초월기였다.

이 기술이 국소적으로 전개된다면 그 누가 막을 수 있을 것인가.

휘리아나는 갑자기 기분이 좋아졌는지 시원하게 웃었다.

"권산 대공은 제인과 상당히 가깝다지?"

"그건 그렇습니다만."

"잘해보세."

"……."

휘리아나는 권산의 어깨를 두드렸다.

많은 의미가 담긴 격려였다.

"출정은 내일일세. 진영에서도 지금 난리가 났을 테니 서둘러 수습하고 이번 전쟁에서도 역할을 다해주게."

*　　　　　*　　　　　*

다음 날 진중을 정리한 북로군이 가장 먼저 출병했다.

거의 우는 표정으로 화이트랜서 기사단의 뒤를 따라 그라임의 두 개 기사단이 따라붙었고, 그 뒤를 코린트 마법병단의 마차가 출발했다.

젤란드의 2만 창병대가 진영을 꾸리며 행군하자 파르티아와 롬바르드의 병력도 질세라 수 ㎞의 거리를 두고 출발했다.

그 뒤를 따라붙은 수천 대의 보급 수레는 지평선 너머로 꼬리를 늘어뜨렸는데 끝을 알 수 없을 지경이었다.

북로군.

3만 보병, 1천 5백의 기사, 마법병단 2백 명의 대군세가 진군을 시작한 것이다.

중로군과 남로군은 조금 뒤부터 각자 다른 진문을 이용해 출발할 것이다.

권산은 수없이 흩날리는 각 군의 깃발을 바라보며 진중한 눈빛으로 동쪽을 바라보았다.

암천마제와의 만남이 머지않았다는 예감이 불현듯 뇌리에 스쳤다.

이번 대전쟁을 승리로 가져간다면 GS사의 화성 세력이 완전히 끝장난다.

화성이든 지구든 그의 세력을 뿌리 뽑을 날이 점차 다가오고 있다.

오크 부락은 소규모라 해도 그 수가 수천에 이르고 당장 전쟁이 가능한 전사들만 1천은 기본적으로 나오는 듯했다.

권산은 병력을 4등분하여 순차적으로 오크 군세에 맞서고 기사단은 아예 투입시키지 않았다.

젤란드가 선봉에 서자 파르티아가 궁병들을 지원했고, 마법사를 열 명 단위로 운용하며 광역 마법에서 효율이 좋은 화계 마법으로 오크 부락을 밀어냈다.

반수 이상이 사망하고 나서야 승세가 없다고 본 오크 부락이 뿔뿔이 흩어졌고, 이와 같은 일이 십여 번 반복되었다.

"적이 규합되어 있지 않아 전투는 어렵지 않지만 역시 오크의 무지막지한 머릿수는 무시할 수가 없군요. 통 진격 속도가 나지 않습니다, 대공."

"확실히 그렇군, 토레스."

도로가 발달되어 있지 않고 많은 수의 오크가 넓게 분산되어 살다 보니 이 부락들을 모두 초토화하기엔 많은 시간이 소모되었다.

권산은 파르티아와 롬바르드의 사령관을 막사로 초대했다.

명목상은 같은 사령관이지만 권산이 단 한 번의 만남으로 휘리아나 총사령관의 신뢰를 얻은 데다 본신의 무력 역시 그랜드마스터이기 때문에 둘은 몹시 권산의 눈치를 살피고 있었다.

"사루만 공작님, 아이작 공작님, 자리에 앉으시지요."

마지못해 막사에 앉은 둘에게 권산은 차를 권하며 제안했다.

"연륜이 높고 전략에 밝은 분들이니 잘 아시겠지만 오크족의 규모가 생각 이상입니다. 아마 중로군과 남로군 역시 같은 문제에 봉착했겠지요. 통신 마법으로 확인해 봐야겠지만, 삼로병진 작전으로 제때 오란바토르에 도달하지 못한다면 이번 연합 작전은 성공하지 못합니다."

"대공의 말은 우리도 잘 아는 바이지만, 어차피 오크의 머릿수를 줄이자고 시작한 전쟁인데 좀 늦게 가는 게 뭐 대수가? 충분히 전공을 세우는 게 더 중요하지 않겠는가?"

사루만 공작의 말에 권산은 고개를 저었다.

"우리가 지금 상대하는 오크족은 알맹이 없는 껍데기와 다를 바 없습니다. 베테랑이나 엘리트급 오크 전사는 전혀 없고 주술사 하나 보지 못했죠. 이미 각 씨족의 워치프를 따라 오란바토르로 향한 게 틀림이 없습니다. 이런 쭉정이들은 이들의 번식력이라면 금세 얼마든지 태어날 것이니 이들을 제거해 봐야 오크족에게 타격을 입혔다고 말하기도 부끄럽습니다."

오크족의 번식력은 인간의 다섯 배를 넘는다.

이들의 인구 증가에 상한선을 정하는 건 오로지 식량뿐이었다.

원시 수준의 농경과 수렵, 약탈로 식량을 확보하는 문화권이니 쉴 새 없이 부족 간 전쟁이 벌어지고 인간의 소드마스터급이 보더라도 놀랄 수준의 숙련된 전사들이 등장하는 것이다.

권산이 보기에 제국이 주기적으로 정리하고자 하는 건

바로 이 숙련된 전사급이었다.

아이작 공작이 천천히 수염을 쓰다듬다가 입을 열었다.

"그럼 초토화 전술은 중단하고 전격전을 벌이자는 말인가?"

"네, 그게 낫습니다."

"그럼 후방에 대한 우려가 있을 텐데?"

"그 부분은 우리 북로군의 진격 방향으로 뻗은 '동굴곰의 강'을 우현에 끼고 좌군에 기사단을 운용하고 본대는 강을 따라 동진하는 것으로 해소할 수 있습니다."

"음, 나는 일단 괜찮은 전술인 것 같지만 조만간 대공이 기사단과 마법병단을 끌고 크신 어머니 산으로 별동대를 꾸릴 예정이지 않는가? 그럼 좌군이 부족해질 텐데?"

권산은 차를 완전히 입에 털어 넣곤 의자를 박차고 일어났다.

"그 작전을 위해 다른 연합국에서 기사단과 마법사를 지원받긴 했지만, 실제는 저와 아주 소수의 인원이 은밀하게 잠입할 작정입니다. 그 부분은 걱정 안 하셔도 됩니다."

사루만과 아이작은 더 이상 발언하지 않았다.

그런 위험한 작전에 소수의 인원만으로 뛰어든다니 별로 현명해 보이지 않았지만 말릴 이유도 없었다.

다음 날부터 북로군의 진격 속도는 빨라졌다.

오크 부락을 초토화시키기보다는 빠르게 전사들을 제거하고 도망치는 오크를 추격한 뒤 다음 부락으로 넘어갔다.

동굴곰의 강 북단에는 인간의 군대가 장사진을 이룬 채 끝없이 동쪽을 향해 진군했다.

"노엄 공작님, 때가 된 듯합니다. 이제 저는 별동대를 이끌고 오크의 성지인 제즈릴 계곡으로 가겠습니다."

"음, 알겠네. 정예군으로 꾸려야겠지. 얼마나 데려갈 텐가?"

"극소수의 인원만 추리겠습니다. 아글버트 백작과 그를 호종하는 친위대 10인을 데려가죠."

노엄이 놀란 표정을 지었다.

"화이트랜서 기사단 전체가 아니고?"

권산은 고개를 끄덕였다. 노엄은 고개를 절레절레 젓더니 이내 아글버트의 지휘권도 인계 받았다.

"아글버트, 대공을 따라 임무를 해내게."

"네, 공작님."

아글버트 역시 이렇게 소수의 인원만 별동대로 빠질 줄은 몰랐기에 어안이 벙벙했다.

그러면서도 권산의 안목에 혀를 내두르지 않을 수 없었다.

자신이 참전하며 데려온 아글버트가의 호종기사들은 수년 내로 소드마스터에 오를 가능성이 높은 이가 절반이 넘는다.

과연 권산은 이를 진즉에 알아채고 차출한 듯했다.

그 날 석양이 질 무렵, 별동대는 본진을 나와 북쪽으로 말을 내달렸다.

권산과 오은영, 듀라이, 아글버트와 호종기사 10인이었다.

*　　　　*　　　　*

본진이 아주 멀어져 보이지 않을 때쯤 권산 일행은 인적 없는 야산에 도달해 있었다.

그때 권산의 WC로 진광이 보낸 무전이 들려왔다.

─크하하하, 대장, 접선지에 잘 있으시죠?

"그래. 이제 내려와.

─오케이. 클라우드 하강합니다.

밤하늘의 구름 속에서 비공정 클라우드가 서서히 모습을 드러냈다.

클라우드에는 지구에서부터 함께한 아르고 용병대의 천 단 인원과 투견이 있었다.

권산은 비공정에 올라 그들과 한 명, 한 명 악수를 하고 그동안의 고생을 격려했다.

"진광, 시간이 없다. 바로 제즈릴 계곡 좌표로 이동한다."

"아이고, 진광 죽네. 여기까지 오는 것도 얼마나 힘들었는 데. 아이고!"

진광은 죽는 소리를 하며 다시 비공정의 조종간을 잡았 다.

비공정은 일행을 모두 태우고 하늘로 올랐다.

듀라이는 말할 것도 없고 오은영 역시 눈이 동그래져 비 공정의 미학적인 아름다움과 마법의 힘으로 공중에 뜬다는 믿을 수 없는 현상에 경악했다.

"이렇게 끝내주는 물건은 지구로 가져가야 하는데. 권산 씨, 가져갈 거죠? 네?"

"이렇게 큰 물건은 양자터널을 통과 못 해."

"아, 아쉽다."

오은영은 안타까움을 금치 못하며 단말기를 꺼내 이리저 리 셀카를 찍는 것에 만족했다.

비공정은 이후 수일을 북동쪽을 향해 더 날았다.

날이 밝고 땅에 펼쳐진 대평원과 대수림, 늪지대를 지나자 안개가 자욱이 드리운 드높은 고산지대가 나타났다.

높게 자란 나무 한 그루 없이 험한 바위와 관목이 인상적인 다섯 개의 봉우리가 하나의 계곡을 감싸듯이 자리해 있었다.

바로 오크의 성지인 '크신 어머니 산'이었다.

정공법으로 들어가자면 남쪽의 산등성이 협로를 지나 구불구불한 산비탈을 넘어야 하는데 이게 보통 어려운 일이 아닐 듯했다.

방어 목적으로 보자면 천혜의 요새라 할 만했다.

"진광, 고도를 높여. 일단 접근하지 않고 지켜본다. 저곳에는 태초의 샤먼 성지가 있어. 어떤 주술적 방어 시스템이 있을지 알 수 없다."

비공정은 고도를 높이고 비공정에 마련된 마법 투시경으로 산 주변을 돌며 24시간을 관찰했다.

과연 권산의 우려대로 어떤 주술적인 결계가 있는지 산의 상공에 새들이 어떤 '영역'에 접근하면 마치 방향 감각을 상실한 듯 큰 각도로 동선을 틀어 다른 곳으로 날아갔다.

벌레처럼 작은 생물은 아예 전기 충격을 받은 듯 새까맣게 타버리는 것도 볼 수 있었다.

"오은영, 네가 나설 차례가 된 것 같다. 우리가 주의를 끄는 틈에 잠입해. 그리고 내부 정보를 보내줘."

"위험할 거 같은데요?"

"위험하겠지. 그래도 A급 헌터니까 잘할 수 있을 거야."

오은영은 크게 심호흡을 하고 이능력을 발현했다.

삽시간에 그녀가 공간에 녹아들어 사라지자 주변에 놀라지 않는 이가 없었다.

"아글버트, 그렇게 볼 것 없다. 마법의 일종이니까. 자, 이제 우리가 크신 어머니 산에 접근해서 시간을 끈다. 산에서 오크 경비병이 나타나면 그 틈에 오은영이 내부로 잠입할 거야."

성지로 들어가는 협로 역시 어떤 주술 결계가 있을지 모르지만, 최소한 오크 경비병이 나타나는 순간에는 결계가 해체될 것이라는 게 권산의 예측이다.

모두를 내려준 비공정이 다시 상승하자 별동대는 산의 초입으로 천천히 걸어갔다.

아니나 다를까, 엄청난 키와 근육을 가진 베테랑 오크 전사들이 협로의 바위틈, 관목 숲 속에서 약 1백 명 정도 우르르 나타났다.

권산은 본능적인 감으로 오은영이 이미 잠입을 시작했다

는 것을 깨닫고 크게 함성을 질러 오크족을 자극했다.

영어로 말했지만 권산이 목에 찬 통역기가 오크어 통역 기능을 동작시켰다.

"이제 이곳은 인간들이 접수한다! 더러운 오크 무리는 썩 떨어져라!"

오크 무리 사이에서도 함성이 터져 나왔다.

"취익! 죽여라!"

"성지를 모욕한 인간을 가만둘 수 없다!"

"간악한 인간족을 몰아내자!"

오크들이 엄청난 기세를 풍기며 달려들었다.

권산은 탈로스를 불러내 착용했고, 아글버트와 호종기사들은 원진을 형성하며 바스타드 소드를 들었다.

그러나 아무리 정예라고는 하나 이건 무조건 중과부적이었다.

아글버트는 다급해져서 소리쳤다.

"대공! 비공정에서 지원하는 것이겠죠? 설마 이대로 죽을 예정이십니까?"

"일단 버텨라, 아글버트. 시간을 벌어. 비공정의 엄호는 그다음이다."

권산은 내공을 절제했다.

지금 권산의 경지라면 혼자서도 저 오크 전사들을 쓸어 버리는 게 어렵지 않았다.

하지만 태초의 샤먼 성지에는 대샤먼 쿠르차가 있다.

그의 경계심을 높여 성지에 새로운 주술적 방어를 하도록 유도하는 건 현명한 선택이 아니었다.

"취익!"

크카카카칵!

오크와 기사들은 정신없이 충돌했다.

기사단은 방패를 앞세워 방진을 짜고 오크들의 거친 충돌을 막아냈다.

아글버트가 전면을 담당했고, 권산은 방진의 중심에서 약해지는 포인트를 보조했다.

"오른쪽, 더 밀어붙여!"

호종기사들의 실력은 과연 뛰어났다.

권산이 틈틈이 보조하는 수준만으로도 이 개활지에서 수십 분은 능히 방어해 낼 듯했다.

권산은 렌즈 화면의 한쪽으로 오은영의 시야를 공유 받았다.

제대로 닦여 있지 않은 바위 길을 지나 흑색 동굴을 통과하자 나무로 된 여러 상징물이 가득한 분지 지형이 나타났다.

온갖 동물과 몬스터가 돌과 나무로 조형되어 있고, 분지의 암벽에는 음각된 고대 상징과 동식물이 가득했다.

그 중앙에는 한 채의 오크식 목재 건물이 하나 있었는데 그 규모가 제법 컸다.

오은영은 그곳으로 향했다.

주술사 복색의 샤먼 수십 명이 건물을 감싸고 춤을 추며 알아들을 수 없는 고대 오크어를 암송했다.

오은영이 그들을 지나쳐 건물 내부로 진입하자 허공에 떠 있는 작은 불꽃들이 시야를 밝혔다.

복잡한 복도를 지나 은밀하게 장식된 방에 이르자 그곳에는 도무지 나이를 짐작할 수 없을 정도로 늙은 샤먼이 피처럼 붉은 암석을 바라보고 있었다.

권산은 그 영상을 보니 왜 저 암석이 '오그마의 눈' 이라 불리는지 알 수 있었다.

축구공만 한 크기의 보석이었는데 그 중심에 검정색 불순물이 밀집해서 마치 동공처럼 보였다.

오은영은 방의 구석에 서서 늙은 대샤먼이 나가기를 기다렸다.

그때 대샤먼 쿠르차의 입이 열렸다.

당연히 오크어였기에 오은영이 알아들을 리 만무했으나

권산은 뭔가 느낌이 이상하여 오은영에게 음성 공유를 요청했다.

오은영의 WC를 통해 권산의 WC로 실시간 음성 전송이되자 권산은 이데아에게 명령했다.

"이데아, 통역기에 이 음성 신호를 넣고 통역된 언어를 나와 오은영에게 동시에 전송해."

—네, 주인. 통역기의 오크어 번역율은 80%예요.

이윽고 권산과 오은영의 렌즈 화면 하단에 번역문이 올라왔다.

—…대정령의 계시… 아버지들이 내게 꿈을 내렸지. 위선된 워칸의 통치는 오크족을 노예로 만들게 돼. 공허의 바다를 건너온 미드가르드의 영웅이여, 그대의 전령이 이곳에와 있는 것을 안다. 모든 것은 대정령의 인도. 이제 답하겠는가? 모습을 드러내겠는가?

예상치 못한 쿠르차의 제안에 권산과 오은영은 일순간할 말을 잃었다.

권산의 머리가 빠르게 회전했다.

'오은영의 은신을 알아챈 건가? 아니야. 쿠르차가 아는 건그 이상이다. 오크 선조들의 영혼이 간다는 대정령의 세계를 통해 뭔가 본 것인가? 미드가르드의 영웅, 전령. 우리의

정체에 대해 정확히 알고 있다.'

권산은 오은영에게 쿠르차의 배후를 잡고 모습을 드러내라고 요청했다.

혹시 모를 사태가 일어나더라도 유리한 포지션을 잡기 위해서이다.

"정말 전령이 와 있었군. 믿고 싶지 않았건만 계시의 꿈이 모두 현실이란 말인가?"

쿠르차가 서서히 뒤로 돌았다.

어떤 주술적 스캔으로도 오은영의 존재를 읽지 못했다.

그런데 계시를 믿고 허공에 말을 하자 한 인간이 나타난 것이다.

"지금 정세대로라면 벼락칼 군벌의 아킬라가 워칸이 된다. 영혼 없는 자들의 꼭두각시가 오크를 지배하는 것은 선조들이 원하는 미래가… 아니다. 아킬라는 감히 오그마의 눈을 오란바토르로 가져오라는 파발을 보냈지. 그의 파발이 내일도 찾아온다. 자, 영웅의 전령이여, 오그마의 눈을 가져가거라."

권산은 오은영의 입을 빌려 쿠르차에게 말했다.

오은영은 험악한 악센트의 오크어를 간신히 구사해 크루차에게 답했다.

"무엇을 믿고 인간에게 오그마의 눈을 넘기는가?"

"아버지 정령들의 명령이니 나로서는 그 끝을 짐작할 수 없다. 이것만이 오크의 자유를 지킬 유일한 방법이라는 것이 슬플 뿐. 이를 가져가 미드가르드의 영웅에게 피를 흘려 넣으라 전하라. 대정령의 가호를 받고 힘을 얻을 것이다."

오은영은 쿠르차가 건네는 오그마의 눈을 받았다.

크기에 비해 그리 무겁지 않았다.

"때가 이르면 오크의 신물은 성지로 돌아올 것이다."

오은영이 복귀하는 동안 오크 전사들과 호종기사들의 전투는 계속되었다.

클라우드의 사이클론 폭격 백업으로 거의 호각을 이뤘으나 갑옷이 파괴되고 대열이 흐트러지자 중상자가 속출했다.

오은영이 안전지대까지 빠지자 권산은 작정하고 초살참을 전개했다.

네 개의 검강이 주변을 날자 수십 명의 오크가 두 동강이 나며 땅에 쓰러졌다.

권산은 타이밍을 놓치지 않고 전열을 후퇴시켜 비공정에 올라탔다.

그곳에는 이미 오은영이 도착해 있었다.

"진광! 이륙해!"

비공정이 떠오르고 성난 오크들이 뒤늦게 습격해서 아우성쳤지만, 이미 배는 떠난 뒤였다.

"은영, 수고했어. 물건을 좀 볼까?"

"아오! 완전 죽을 뻔한 거 알아요? 은신을 풀고 모습을 드러내라고요? 일이 잘 안 풀렸으면 어쩔 뻔했어요?"

"너만이 할 수 있는 일이었어. 어려운 일을 해냈으니 확실한 사례금을 줄게."

오은영은 격한 감정을 쉽게 가라앉히지 못했으나 오랜 기간 헌터 밥을 먹은 이답게 권산이 제시한 보수가 마음에 들었는지 더 이상 따지지 않았다.

비공정이 구름을 뚫고 높게 날아올랐다.

8장
용살

　권산은 갑판에 좌선한 채 오그마의 눈을 바라보았다.

　상식적인 접근이라면 이것의 정체가 화성의 암석에서 채굴한 자연석이겠으나 채굴된 뒤 어떤 주술적인 힘이 가해진 건지, 아니면 오크의 신앙처럼 오크족의 탄생과 함께 오그마가 내려준 선물인 건지 알 수 있는 방법은 없었다.

　다만 보석에서 뭔가 범상치 않은 기운이 느껴지는 건 확실했다.

　'기묘하다. 대단한 수준의 자연지기가 밀집해 있구나. 먹

을 수 있는 재질이었다면 전설의 영약일 것이나 고체이니 신물이라 불리는 것이겠지.'

권산은 소도로 손바닥을 그어 피를 흘렸다 그의 피가 오그마의 눈을 타고 흘러 갑판에 닿는 순간 권산의 귀에 어떤 웅얼거림이 들렸다.

기묘한 웅얼거림과 불길처럼 일렁이는 섬광의 춤이 점점 더 강하게 느껴졌다.

소리는 주술의 언어인 것 같기도 하고 익숙한 지구의 언어 같기도 했다.

소리와 소리가 아닌 주술의 언어가 합쳐지고 인간과 정령의 경계가 모호해지는, 이 세상이되 이 세상이 아닌 형용하기 어려운 곳에 권산의 의식이 도달했다.

그곳엔 이 순간에도 많은 수의 오크의 의식체가 점멸하듯 나타났다.

권산은 본능적으로 이 순간 죽어가는 오크의 정신임을 깨달았다.

그들은 끝없이 날아올라 천공에 떠 있는 안개의 숲 지대까지 날아갔으나 권산은 안개의 초입에 멈춰 더는 날아오르지 못했다.

대정령의 세계와 현세의 아슬아슬한 경계 지점임이 분명

했다.

권산의 정신이 육신을 벗어나지 않았기에 더 이상은 들어갈 수 없는 것이리라.

대정령의 세계에서 어떤 형상이 나타났다.

2미터에 이르는 체구, 두꺼운 근육, 전투적인 생김새, 천둥씨족의 워치프이자 천둥군주 사냥술의 전사인 나크둠이었다.

"너는 나크둠."

"인간의 영웅 권산이여, 나는 대정령의 화신이다. 나크둠은 이미 나의 일부라고 할 수 있지. 네게 익숙한 모습으로 실제화 했을 뿐."

"왜 나를 택했나?"

"철의 군단의 뒤에는 불멸자가 있다. 그는 오그마의 눈에 피를 흘리고 대정령의 세계를 넘본 적이 있지. 어떤 위대한 존재도 공포에 떨지 않을 수 없었다. 현세와 정령계의 오크 모두가 그의 장난감이 될 것이니 어찌 두렵지 않겠는가? 너는 그를 상대할 유일한 자다. 네가 인간인 것은 중요치 않다."

"암천마제를 말하는 거로군. 내가 암천마제를 죽일 수 있다고 보는가?"

"그자의 강함은 아스신족도 뛰어넘었다. 반도의 샘에서 불멸을 얻고 미드가르드의 악마적인 사냥술을 익혔지. 하지만 너의 강함은 능히 그를 죽일 단계에 이르렀다. 역대 워칸 누구도 받지 못한 정도의 가호와 화신을 내려주지. 화신의 부름은 마음속으로 외치거라."

이 말을 끝으로 권산은 중력에 의해 낙하하듯 현기증을 느끼며 갑판 위로 돌아왔다.

권산은 온몸이 금강석처럼 단단해졌음을 깨달았다.

호신강기를 일으키거나 경기공을 사용하지 않았는데도 외피의 인장력과 경도가 이미 금강불괴 수준이었다.

'이것이 대정령의 가호로군. 무척이나 강한 능력을 줬어.'

권산은 비공정의 기수를 틀어 오란바토르로 향했다.

이곳에서 워칸에 등극할 아킬라를 기다리는 것보다 찾아가는 게 빠르겠다는 판단이었다.

권산은 비공정의 선실 안으로 들어가 듀라이를 불렀다.

"듀라이, 벼락칼 군벌과 아킬라, 그 부족의 위치에 대해 말해보게."

듀라이는 지도에 벼락칼 군벌의 세력 위치를 표시했다.

오란바토르 북쪽이었는데 그리 멀지 않았다.

"취익! 벼락칼 군벌은 30년 전쯤까지는 워칸도 배출하고 발레스 북방을 크게 장악한 대부족이었습니다만, 동쪽의 핏빛망치 군벌과의 세력전에 밀려 지금은 크게 힘을 쓰지 못하는 곳입니다. 아킬라 군장이 그 군벌을 이끈 지는 오래되긴 했습니다만, 엘리트 오크 전사 중에서는 그리 강하다는 평은 아닙니다."

"그런 자가 워칸이 되려면 어지간히 모략을 써야겠군. 미리 못 이길 만한 경쟁자들을 제거한다던가 말이야."

"취익! 워칸 선발전에 그런 비겁한 수법을 쓴 오크는 없었습니다. 만약 그런 행동을 한다면 어떤 전사도 그를 따르지 않을 겁니다."

"오란바토르에 도달하는 대로 너를 내려주겠다, 듀라이. 그곳에 잠입해서 지금 워칸 선발전에 어떻게 되어가는지 정보를 다오."

"예, 워치프."

비공정이 다시 남동쪽으로 키를 잡고 십여 일을 더 날아가니 저 멀리 북로군이 게르 대평원까지 밀고 들어간 것이 마법 투시경에 관찰되었다.

'꽤 서둘러 왔군. 대평원에 벌써 진입하다니.'

비공정의 속도를 감안하면 대단한 전격전을 벌인 것이 분명했다.

중로군과 남로군 역시 상호 마법 통신을 주고받으며 진격 속도를 조절했을 것이니 게르 대평원에 모든 병력이 모이는 것은 수일 사이에 끝날 듯했다.

이곳은 발레스 최대 크기의 대평원 초입으로 오란바토르 성까지의 거리는 십 일 정도 더 행군해야 한다.

자연적인 방벽으로 삼은 '동굴곰의 강'도 더 이상 동쪽으로 뻗어 있지 않기 때문에 사방을 방어하며 이동하려면 먼저 병력을 모아 방진을 짜야 하고, 대열을 유지하며 행군해야 한다.

그것도 만만한 일은 아닐 것이다.

권산은 미리 하루를 더 날아 오란바토르가 지평선에 보이는 곳까지 이동한 뒤 야음을 틈타 듀라이를 땅에 내려주었다.

듀라이에게는 통신이 가능한 단말기를 주었다.

듀라이가 평원의 다이어울프 하나를 불러와 타고 사라지자 권산은 다시 비공정을 상승시켜 느린 속도로 동진했다.

점점 고도를 높여 완전히 구름 속에 은폐한 뒤 지상을 살펴보자 밀집한 오크 무리가 점점 많이 관찰되었다.

그러다 마침내 평원을 가득 채울 만큼의 오크 전사들이

서로 박투를 벌이며 막사를 오가는 것이 마법 투시경에 보였다.

그것도 엄청난 숫자였다.

오란바토르 주변은 각 군장을 따라온 오크 병력이 엄청난 수로 모여 있었는데 그 끝이 보이지 않을 정도였다.

"이데아, 오크 병력 수를 산출해 봐."

—위성지도 베이스에 면적 산출법을 사용할게요.

"아무거나."

—22만 명에 ±2만 명이에요. 샘플링한 오크의 체격과 신장으로 봤을 때 하급 전사는 아예 없는 것 같아요. 중급 이상이며 베테랑급도 자주 관측되네요.

"대략 20만 명이군."

인간 연합군의 두 배였다.

그것도 숙련된 전사 계급 이상이 그 정도이니 절대 만만히 볼 상대가 아니었다.

권산은 듀라이의 연락이 오기까지 하루를 기다렸다.

하루 뒤 단말기를 통해 듀라이의 음성과 몇 장의 영상 정보가 넘어왔다.

훌륭하게 정찰을 해낸 것이다.

하지만 워칸 경합은 이미 끝나 있었다.

아킬라보다 강한 군장은 애초에 없었기 때문에 변수는 없었다.

내로라하는 각 군벌의 엘리트 오크 전사들이 이유 없이 실종되고 죽은 채 발견되는 등 뭔가 이상한 이변이 많이 일어났다고 오크 사회에서도 말이 많았다.

'인간 연합군이 진용을 꾸리고 진채를 내리는 데는 5일은 더 걸린다. 대략 결전은 10일 뒤가 되겠군. 이제 아킬라는 크신 어머니 산으로 향하겠지. 전쟁을 승리로 가져가려면 아킬라를 사전에 제거하는 게 유리하다. 아직 시간은 있다. 갈 때가 아니라 돌아올 때를 노리자.'

권산은 비공정을 다시 몰려 연합군 방향으로 돌리고는 적당한 곳에서 아글버트와 호종기사들을 내려주었다.

"아글버트, 너는 북로군과 합류해. 직접 봤겠지만 오크의 군세가 대단하다. 쉽지 않은 전쟁이 되겠어. 이를 연합군에 알려. 자, 받아라. 이 단말기를 주겠다. 하루에 한 번씩 자정에 상황을 보고하도록. 나는 아킬라를 잡으러 가겠다."

"예, 대공."

아글버트와 호종기사들이 비공정에서 군마를 내려 서쪽으로 달려갔다.

앞으로의 전투에서 중추적인 역할을 할 이들이다.

그러고는 투견과 진광에게 벼락칼 군벌의 영토를 정찰하라 명했다.

그곳 어딘가에는 GS사의 화성 세력이 있다.

그들의 동태를 살펴야 했다.

패잔병 일부만 도망쳤다고는 하지만 비프로스트 게이트를 작동시키면 지구에서 얼마든지 병력을 공수받을 수 있었다.

그러면서 권산은 민지혜에게 메시지를 보냈다.

[GS사와의 결전이 10일 이내로 임박함. 지구에서 화성에 병력을 보낸 뒤 GS사 세력이 약화된 뒤가 '반역 작전' 시행의 적기. GS사와 천경그룹이 동맹 중이므로 천경그룹 괴멸전도 동시에 진행. 호리곡의 준비 상황도 체크 바람.]

권산과 오은영이 비공정에서 내렸을 때 민지혜에게서 메시지가 왔다

[노트북 완전 해독 완료했어요. 반역 작전을 위한 전파 발신 루트는 우주 엘리베이터의 궤도 와이어를 사용한 증폭송신으로 가능해요. 이론상 전 지구상에 닿죠. 하지만 타이

밍을 잘 잡아야 해요. 게오르그 박사의 실력은 이 바닥에서 알아줘요. 반역 작전이 개시되면 최대한 빨리 게오르그 박사를 찾아내야 해요. 그렇지 못하면 통제권을 확보한 GS시리즈가 자폭될 수 있어요. 그자라면 GS시리즈에 비상 코드를 심어뒀을 게 확실하거든요. 그리고 호리곡은 10일이면 준비를 끝낼 수 있다고 해요. 10% 정도는 먼저 중국으로 간 뒤 저와 함께 유럽으로 수송기를 타고 이동할 거고, 나머지 90%는 중국 주요 도시의 천경그룹 본사와 사업장, 아지트와 자금 보관소를 타격할 거예요. 그 주축은 이광문 스승이 될 거고요. 호리곡의 용살문도와 아카데미 졸업생들도 대기 중이에요. 또 베네딕트 제독이 폭격기를 띄워 천경그룹에 소속된 헌터 길드 성을 폭격할 예정이고, 이것으로 이능력자들 대부분이 개입을 포기할 거예요.]

[내 신호를 기다리길. 추가적으로 슈미트 회장의 동태를 살피기 바람.]

비공정은 하루를 날아 북쪽의 벼락칼 군벌 구역 상공을 날았다.

이데라는 아킬라가 크신 어머니 산에 다녀올 시간을 계산하여 권산의 렌즈에 카운트를 표현했다.

다이어울프를 타고 전력으로 다녀온다는 조건이었다.

'10일.'

벼락칼 군벌의 전 구역을 샅샅이 훑었고, 권산은 마침내 아주 의심스러운 지역 하나를 발견했다.

오크들은 그 지역을 어둠의 협곡 지대라 부르는 듯했다.

사시사철 음영이 드리운 검은 산악 지대였는데 어찌나 음기가 강하고 어두운지 위성 지도에서는 온통 흑색 바위산으로 보일 지경이었다.

"상공 정찰로는 협곡 내부가 보이질 않는군. 진광, 하강하자."

권산은 오은영과 함께 산에 내려 다시 비공정을 상승시켰다.

"은폐할 때 나를 붙잡고 있으면 동반 은폐가 가능하지?"

"그렇긴 한데 은폐 질량이 늘어날수록 가능 시간이 줄어들어요. 내가 왜 이렇게 몸에 쫙 달라붙은 쫄쫄이만 입고 다니는데요. 다 이유가 있다고요."

"내 몸무게와 배낭, 무기를 포함하면 얼마나 지속할 수 있을 것 같아?"

"음, 혼자서는 24시간도 가능한데 아마 6시간 정도로 줄어들 것 같네요. 그 탈로스 소환해서 입고 다니면 3시간도 못 버틸 거 같고요."

"그 정도면 충분해."

협곡은 너무나도 깊었다.

제대로 걸어 다닐 만한 길도 없어서 권산이 오은영을 안고 날 듯이 경신술을 발휘해 점점 더 깊고 어두운 곳으로 내려갔다.

그 심처에는 제법 거대한 공간 수 ㎞가 늘어서 있었고, 그곳엔 GS시리즈와 이모탈이 셀 수 없이 많이 대열을 맞추고 서 있었다.

권산은 오은영의 은폐 이능을 사용해 과감하게 심처로 들어갔다.

이미 화성에 건너온 GS시리즈는 2천 대를 넘어서 있었다.

유럽 GS사 전체 전력의 30% 정도가 이곳에 와 있는 것 같았다.

그만큼 연합군의 침공에 만만의 준비를 갖췄다는 의미이다.

스키마가 가장 심처의 단상 위에 서 있었고, 단상에는 거대한 금속 링, 비프로스트 게이트의 중심에선 물결처럼 일렁이는 푸른빛이 뿜어져 나오고 있었다.

'뭐지.'

권산은 푸른빛 너머로 어떤 존재가 느껴졌다.

머리카락이 쭈뼛 서는 극도의 위기감이 오감을 넘어 육감의 영역에서 뇌리를 자극했다.

삼대 절예 천의력(天意力).

권산은 이형보를 발휘해 우측으로 3보를 이동했고, 그 공간에 암흑의 광선이 관통했다.

그 파괴력의 여파로 오은영의 은폐가 깨지며 둘은 공간 밖으로 뱉어졌다.

암천포.

쿠콰콰쾅!

대지가 뒤집어지고 20대의 GS시리즈가 전파되었다.

게이트 너머 암천마제가 전개한 마공이 공간을 넘어 폭사된 것이다.

'암천마제에겐 오은영의 은폐도 통하지 않는다.'

권산은 참을 수 없는 분기를 느꼈다.

어차피 게이트에 생명체의 통과는 불가능하다.

그렇다면 암천마제가 저 게이트를 넘어 권산을 쫓는 건 불가능했다.

권산은 기공을 끌어 올려 용살검법 후반 2식 광룡사일을 전개했다.

검강 다발이 폭발적으로 늘어나더니 무차별적으로 집중되며 게이트의 푸른 막을 관통했다.

암천마제가 서 있는 지구 저편에서도 어마어마한 폭발이 일어났다.

GS사의 차원 연구소 한쪽 벽이 날아가는 어마어마한 위력이었다.

하지만 권산은 자신의 공격이 암천마강에 막혀 효과를 보지 못했다는 것을 알았다.

게이트를 사이에 두고 검거나 푸른 검강이 교차하고 터지자 엄청난 충격파가 사방에 퍼졌다.

10여 초 공방을 나눈 권산은 이를 악물고 힘겹게 몸을 빼내었다.

'버틸 순 있지만 이겨낼 수 없다.'

눈부시게 빠른 공방이었기 때문에 아직 스키마는 상황 파악을 못 했다.

하지만 스키마가 엉망이 된 장내를 수습하고 나면 권산의 등 뒤는 적진에 무방비로 노출된다.

권산은 십자파황검의 둔결을 응용하여 등 뒤에 강기의 벽을 세우고 오은영을 안고 전력으로 경신술을 전개했다.

오은영이 다시금 은폐를 전개하자 권산과 그녀는 흔적도 없이 공간 속으로 사라졌다.

게이트 너머로 슈미트 회장의 광소가 터져 나왔다.

"하하하! 정말 재밌군. 이게 얼마 만에 맛보는 손맛인가. 분명 저 검술은 용살문의 것이 틀림없어. 용살문의 후신이 화성에 있었다니, 더구나 저자는 게오르그 자네가 데려온 쿵푸 마에스터가 아닌가. 대체 어떻게 우주를 넘어간 거지?"

"정말 믿기 어렵군. 통일한국인인 권산이라는 이름의 헌터였지. 조속히 한국으로 정보원을 보내겠네."

"됐네. 더 빠른 방법을 택하지."

슈미트의 전신에서 광대무비한 기운이 솟구쳤다.

하늘까지 넘실대던 검은 기운은 빠르게 압축하여 슈미트의 온몸을 감쌌다.

슈미트는 천천히 걸음을 옮겨 비프로스트 게이트를 통과했는데 암천마제의 호신강기 주변으로 엄청난 청염과 스파크가 튀어 올랐다.

영혼을 앗아가는 미지의 신력과 이에 저항하는 암천마제의 기공이 만들어낸 현상이었다.

하지만 슈미트는 끝내 해내고야 말았다.

이내 그의 두 발은 화성의 대지를 밟고 그의 폐는 화성의 대기에서 숨을 쉬었다.

"어찌어찌 넘어는 왔군. 과연 아스신족의 결계는 쉽지 않아."

크게 심호흡을 한 슈미트는 등 뒤의 게이트에 대고 입을 열었다.

"화성은 이제 내가 정리하지. 스키마를 내 부관으로 설정하게. 지구는 이제 자네가 통제해."

"알겠네. 오랜만에 재미 좀 보게, 암천마제."

암천마제의 화성 등장.

이 특급 정보는 권산이 퇴각하며 박아놓은 스파이 카메라를 통해 실시간으로 권산에게 공유되었다.

이데아가 띄운 영상이 렌즈 한쪽에서 재생되고 있었다.

'암천마제가 화성으로 넘어왔다. 비프로스트의 영혼 필터를 극복해 냈다는 말인가? 과연 아스신족을 넘어선 힘을 가졌군.'

권산은 행동반경을 줄이고 스파이 카메라가 보내오는 영상에 집중했다.

그러나 카메라가 발각되었는지 어느 순간 영상 신호는 더 이상 수신되지 않았다.

권산은 오은영을 비공정에 탑승시키고 홀로 북로군에 합류했다.

아킬라가 복귀하는 순간을 노려 암습할 작정이었으나 암천마제의 종적이 파악되지 않는 이상 단독 행동은 위험했다.

어차피 아킬라는 오그마의 눈을 보지도 못할 터이다.

권산은 민지혜를 통해 지구의 동료들과 매일같이 작전 일정을 조율했다.

암천마제가 화성에 넘어왔으니 핵심 변수가 바뀌었다.

십여 일이 지나 인간군이 차츰 대평원에 집결하며 오란바토르로 밀고 들어갔지만 오크족의 어수선한 분위기는 수습될 줄을 몰랐다.

아킬라가 아직도 복귀하지 못한 것이다.

권산의 계책이 적중했고, 아킬라가 오그마의 눈을 찾지 못하자 오크 지도부가 혼란에 빠졌다.

휘리아나는 전군에게 진채를 내릴 것을 명했다.

병법에서 이르는 속공의 계책으로, 오크의 대오가 정렬되기 전에 기사단의 기동력으로 급습할 수도 있었지만 현재 오크 쪽의 군세가 인간을 압도하므로 그럴 순 없었다.

약간의 이득을 취할진 몰라도 보병의 백업 없이 기사단을 운용하다가는 치명적인 실책을 할 수도 있었다.

휘리아나는 정석으로 갈 생각이었다.

인간 특유의 군종 조합과 진형 전술.

마법병단의 맹렬한 파괴력이라면 어차피 이기는 건 시간 문제였다.

그때 권산은 휘리아나에게 암천마제가 나타났으며 운명의 대전이 임박했음을 알렸다.

휘리아나는 마법 통신을 통해 제국에 급전을 날렸다.

제국의 그랜드마스터 2인과 제인을 부르는 호출이었다.

하루 뒤 제국의 마법사들이 그린 대응 마법진을 통해 호출을 받은 공작들과 제인이 수행원들과 함께 메스 텔레포트로 넘어왔다.

거리가 거리인지라 엄청난 양의 엘릭서를 소모했지만 그에 신경 쓸 만한 사람들은 아니었다.

권산은 제인에게 고마움의 말을 전하고 다른 공작들과도 인사를 나누었다.

그들은 귀찮은 기색은 있었지만, 제인과의 계약을 준수할 의사는 분명하게 했다.

휘리아나는 하루 동안 모든 사령관을 불러 총공세에 대

한 작전을 지시했고, 다음 날 아침부터 보병들이 일자 대형을 이루며 밀고 들어갔다.

보병들의 뒤에서 마법병단의 파이어볼이 융단 폭격을 방불케 하는 기세로 수백 미터를 날아 오크의 진형을 두들겼다.

맞아도 좋고 맞지 않아도 땅을 움푹 파이게 만드니 적의 진군을 저지하는 효과가 있다.

'수백 발의 파이어볼 하나하나가 수류탄 위력이로군. 목재 방패나 군진으로 어찌해 볼 수 없는 위력이다.'

오크의 진형이 흐트러진 사이 기사단이 측면으로 파고들었고, 궁병들의 화살과 보병들의 투창이 그 뒤를 이었다.

광분한 수만 명의 오크족이 대오도 없이 마구 짓쳐들었지만, 방패병들의 일자 대형을 뚫지 못하고 허무하게 몸이 꿰뚫렸다.

11만 대 22만의 대격돌이었지만, 전세는 국지적으로만 벌어졌다.

오크족이 규합되지 못하고 대평원 이곳저곳에 분산되어 있었기 때문이다.

하루를 꼬박 싸워 2만여 오크를 주살하고 2천 명 정도의 사상자가 발생했다.

그렇게 3일을 더 싸우고 오크족의 수를 15만 명까지 줄여놓은 뒤부터 오크들의 움직임이 확연하게 변했다.

아킬라 워칸이 복귀한 것이 틀림없었다.

샤먼들이 대거 전면에 나서며 방어 주술로 마법을 견제하고, 베테랑 오크전사들에게 광폭 주술을 걸자 싸움의 양상은 점차 팽팽하게 변해갔다.

보병들의 대열이 무너지고 한쪽 날개가 포위될 지경에 이르자 권산이 최전방의 지휘탑에 올라가 오그마의 눈을 꺼내 한 손에 치켜들며 오크어로 크게 외쳤다.

"이것이 오그마의 눈이다! 지금의 워칸은 오그마의 눈을 통해 선조들의 가호를 얻지도 못했다! 그에게 오크족을 지휘할 정통성이 있는가, 아니면 천둥씨족의 워치프이며 오그마의 눈을 가지고 있는 내게 전통성이 있는가?"

권산의 내공을 실은 사자후는 대평원의 끝까지 쩌렁쩌렁하게 울렸다.

오크 진영이 웅성거리자 그때 누군가 외치는 소리가 들렸다.

"저 인간족은 천둥씨족의 워치프가 맞다! 정당한 막고쉬르를 통해 자격을 얻었다! 나 듀라이가 보장한다!"

오크들의 웅성거림이 더욱 커졌다.

아킬라가 고래고래 소리치며 대오를 수습하려 했지만 통제가 쉬이 되지 않았다.

권산은 다시금 사자후를 펼쳤다.

이번엔 인간의 언어였다.

"오크의 가짜 워칸을 향해 총진격하라!"

군종을 가릴 것 없는 총진군이 개시되었다.

오크족은 급격하게 사기를 잃고는 무기를 거꾸로 잡고 몸을 돌려 달아나기 시작했다.

10만이 넘는 오크가 그와 같은 행동을 하자 밟히는 자, 동료의 무기에 찍히는 자 등 필설로 형용하기 어려운 아비규환이 펼쳐졌다.

아킬라가 있는 지휘소까지 권산을 위시한 기사단 선발대가 밀고 들어갔을 때 마침내 북쪽 평야에서 어마어마한 존재감과 검은 점들이 빠르게 접근했다.

안력을 돋워 파악하니 2천여 기의 GS군단이었다.

GS군단의 중심에는 슈미트 회장이 스카마의 어깨 위에 올라서서 팔짱을 낀 채로 믿을 수 없는 균형감을 선보이고 있었다.

'암천마제!'

권산은 이데아를 통해 민지혜에게 '작전 개시' 신호를 보냈다.

지구에서 유럽과 중국을 동시에 타격하여 GS사와 천경그룹을 소멸시키는 용살문 비장의 전격전인 것이다.

'이제 내 차례다.'

권산은 5천 명의 랜서 중 절반의 말머리를 북쪽으로 돌렸다.

아킬라의 처리는 남은 절반에게 맡겼다.

북쪽의 GS군단에게로 기사들이 질주하는 동안 권산은 대열을 이탈해 휘리아나가 있는 중앙 지휘소로 다가왔다.

"지금입니다. 북쪽에서 암천마제가 오고 있습니다. 오크족의 원군 목적입니다."

"오크와 한통속일 줄이야. 어찌 되었건 처리해야 하니 두 공작께서도 말에 오르시지요."

제국의 3대 공작이 호종기사들을 휘하에 두고 먼저 출발하고, 키프록탄의 모술 레이크 역시 휘하 기사단을 이끌고 뒤따랐다.

그들이 싸워야 하는 미지의 적을 대비하기 위해 이 전력을 대오크 전쟁에 쏟아붓지 않고 유지한 보람이 있었다.

"제인, 미안한 말이지만 목숨을 장담하기 어려운 싸움이야. 네 실력으로는 죽을 위험이 10할이야. 나서기보다는 내

등을 지켜줘."

"죽을 각오도 없이 온 곳은 아니야. 그렇다고 암천마제에게 허무하게 목을 넘겨주고 싶진 않아. 일단 네 옆에 있을게."

권산과 제인이 마지막으로 출발했다.

GS군단은 엄청난 기세로 2천 명이 넘는 기사단을 쓸어버리고 있었다.

기사들의 랜스차징과 각종 마법 병기들은 제법 위협적이었으나 암천마제의 검은 오라가 수백 미터 범위로 뻗칠 때마다 모두 말과 함께 두 동강이 나며 대오가 삽시간에 흐트러졌다.

"크아아악!"

"내 다리!"

아비규환의 비명과 아수라장이 펼쳐졌고, GS군단은 감정 없이 기계적인 살인 동작을 반복하며 기사단을 정리했다.

그 뒤로 3대 공작과 모술 레이크를 호종하는 친위대가 GS군단의 옆구리로 치고 들어왔다.

5대 군장의 휘황찬란한 궁극기가 펼쳐지고 친위대들의 뛰어난 마법 무구의 효능에 힘입어 일순간 GS군단 사이로 길이 열리는가 싶더니 다시금 검은 오라가 허공에 펼쳐지자 옥수수 짚단이 쓰러지듯 기사들이 썰려 나갔다.

"이럴 수가!"

"내 궁극기가!"

몇몇 소드마스터만이 사력을 다해 방어할 뿐 암천마제 쪽으로 나아갈 수 있는 이가 없었다.

이는 3 대 공작과 모술 경도 마찬가지였다.

모두 말을 잃고 하마했지만, 그래도 검강을 뿜어낼 수 있는 위인들이라 암천마강으로부터 몸을 보호하는 데는 성공했다.

그들은 위명답게 암천마제의 진로를 방해하며 시간 벌이는 확실하게 해주었다.

권산은 이를 지켜보며 후방에서 필살의 압강술을 위해 뇌신—내공 증폭 벨트를 연계한 무신화를 시도하고 있었다.

뇌신으로 2배, 내공 증폭 벨트로 6배이니 이론적으로 12배의 내공 증폭이 가능하다.

그러나 이데아는 권산의 현 내공 수준이 30갑자이기 때문에 현재 내단석의 질량상 레버를 6배로 돌린다 해도 2배까지만 증폭이 된다는 계산치를 알려주었다.

30갑자의 4배, 즉 120갑자의 내공으로 시전하는 압강술이었다.

권산이 펼치려 하는 기술의 어마어마한 파장은 암천마제

에게도 느껴졌고, 그는 대경실색하며 경공을 사용해 권산 방향으로 짓쳐들었다.

그에게는 5㎞ 정도의 거리도 순식간에 도달할 경신 재주가 있었다.

'시간이 부족해.'

권산은 마음속으로 대정령의 화신을 불렀다.

순간 하늘에서 붉은 뇌전 한 가닥이 암천마제의 앞쪽 땅에 꽂히더니 그 속에서 나크둠의 형상을 한 붉은 정령체가 나타났다.

그는 이내 핏빛 글레이브를 휘돌리며 암천마제와 격돌했는데 놀랍게도 암천마제의 마강을 십여 합이나 받아내더니 이내 버티지 못하고 소멸했다.

'끝인가.'

그때 하늘에서 굉음과 같은 총성이 울리며 암천마제의 호신강기에 수십여 발의 총탄이 직격했다.

클라우드 비공정에서 괴물총을 이용해 원거리 백업을 한 것이다.

암천마제는 하늘을 보며 애처롭다는 표정을 짓고는 비공정의 공격은 무시해 버리고 이내 한 줄기 흑광이 되어 권산에게 쏘아졌다.

위기를 느낀 제인이 폭발적인 속도로 튀어 나갔고, 삽시간에 제인과 암천마제 사이의 거리가 1㎞로 좁혀들었다.

순간 권산의 두 손바닥 사이에서 다이아몬드처럼 빛나는 투명한 보석 하나가 완성되었다.

고상경의 단계를 거친 압강의 기는 마침내 고형화되어 세상 어느 것보다 파괴적인 물질이 되었다.

'시간이 없다.'

권산의 손에서 압강의 구슬이 쏘아졌다.

경세적인 내공을 담은 만큼 이미 구슬의 속도는 인간의 인지가 헤아릴 수 없는 범주에 속해 있었다.

본능적으로 늦었다고 판단한 암천마제는 전력으로 내공을 끌어 올려 그의 최고 절기인 암흑멸천대공(暗黑滅天大功)을 펼쳤다.

단 한 번도 뚫린 적이 없는 암천마공 최후의 방어공으로 40갑자에 달하는 그의 내공에 암천마공 특유의 역천심공이 더해져 순간적으로 2배의 힘을 낼 수 있기 때문에 이론적으로 80갑자에 이르는 신공이 아니라면 암흑멸천대공의 호신기를 뚫는 건 불가능했다.

암천마제의 명치로 압강의 구슬이 파고드는 순간 암천마제는 암흑멸천대공의 온 진력을 구슬 주변으로 모아 전신 전력으로 구슬의 기운을 갉아내고, 흐트러뜨리고, 비틀고, 흘려냈다.

'이럴 수가!'

80갑자의 호신기가 한 번의 충돌로 무너지려 하자 그는 1천 년의 세월 동안 쌓은 위대한 무학의 깨달음을 녹여내 모든 수단으로 구슬을 방어하려 한 것이다.

'아아, 밀린다.'

암천마제는 진원지기까지 동원하고서야 구슬을 명치 앞 1㎜ 앞에 세우는 데 성공했다.

그러나 구슬의 압력은 암천마제의 몸을 매달고 끝도 없이 상승해 그를 수십 ㎞ 너머의 창공으로 날려 버렸다.

거친 대기의 흐름을 등 뒤로 느끼며 암천마제는 자신의 탄생부터 현재의 자신을 있게 한 운명의 그날까지의 기억이 주마등처럼 눈앞을 스치는 것을 느꼈다.

[1천 년 전 한 명의 이국적이고 신비로운 여인을 뒤쫓아 심산 유곡에서 우윳빛 샘을 발견했다. 여인이 샘물을 채취해 신비롭게 사라졌고, 목마른 그는 모습을 드러내어 샘물을 마셨다. 이후 절세의 영약인 샘물의 힘으로 마교의 일개 삼류무사이던 자신은 절대지존의 내공과 불사의 수명을 갖게 되었고, 이내 깨달

음을 얻어 암천마공을 창안하고 천하를 오시했다. 이후 그는 그 신비한 여인의 정체가 서왕모이며, 샘은 불사를 준다는 반도(蟠桃)의 정수가 모인 반도의 샘이라 스스로 믿었다.]

1천 년 뒤 화성에 도착하고서야 태양계의 각 행성에 이종 족이 널리 퍼져 있으며, 자신이 본 신비한 여인이 실은 아스 신족 중 젊음의 여신인 이둔이라는 것을 깨달았다.

'신이라면 막을 수 있을까?'

천 년의 세월 동안 무수한 살육과 정복, 희열, 지배, 권력을 통해 쾌락을 얻어왔지만 정말 한 번도 느껴보지 못한 초월적인 위력의 구슬 앞에 더 이상은 대적할 도리가 없었다.

'이것이 정녕 인간의 무학이 만든 기술이란 말인가. 정말 끝이구나. 드디어 헬 여왕을 만날 때가 된 게지.'

압강의 구슬은 암천마제의 몸으로 파고들어 폭발했다.

구름이 밀리고 화성의 대기가 뒤바뀔 만큼의 장엄한 대폭발이었다.

쿠아아앙!

쿠오오!

엄청난 후폭풍이 지상에 몰아쳤고, 태양이 어둠에 먹혀

낮이 밤으로 변할 정도의 번천복지 현상이 하늘 아래서 벌어졌다.

굉음과 폭풍 속에서 인간과 오크의 전쟁은 즉각 중단되었다.

암천마제의 죽음 이후 GS군단의 가동 역시 일시에 중단되었다.

모든 명령 체계의 시작점이 암천마제로 설정되었기 때문에 벌어진 일이었다.

오크의 대피 방향에서 대폭발이 일어났기에 도주하던 아킬라를 위시한 지휘부가 흔적도 없이 소멸했다.

오크병단은 이미 병력의 5분의 4를 잃었다.

거친 숨을 몰아쉰 휘리아나가 겨우 중앙 지휘소로 복귀해 마법 통신망에 전군 철군을 명했다.

11만 명 참전에 3만 명 사상.

대승이었지만 대승의 환희보다 모두의 머릿속에는 광대역으로 악마적인 검은 오러를 뿜어내 전장을 쑥대밭으로 만든 존재와 그에게 뭔가 미지의 빛줄기를 쏘아서 경세적인 대폭발로 끝장내 버린 젤란드의 노스랜더 대공이 떠나질 않았다.

'앞으로 제국과 젤란드 2강 체계로 가겠군.'

각국의 귀족들이 공통적으로 떠올린 생각이다.

제인은 완전히 뻗어버린 권산을 마차에 태우고 살짝 물었다.

"그 필살기 말이야. 원래 상대를 밀어내고 나서 터지는 거였어?"

권산은 한 손으로 눈을 가리고 낮은 목소리로 말했다.

"아니. 그냥 맞으면 터져."

"그럼 제대로 터졌으면 우리는 물론 연합군 전체가 소멸했겠네?"

권산은 손을 살짝 치우고 제인의 눈을 바라보았다.

"난 그자를 반드시 죽여야 했어. 나와 너의 목숨은 그 대의에 비하자면 무가치한 거나 다름없지. 내 필살의 한 수가 그자를 절명시킨 건 천운이 함께해서야. 무엇보다 내게 그런 기술이 있다는 걸 암천마제가 몰라서였지. 이제 그자의 혼은 니플하임으로 향할 거야. 그곳에서 헬 여왕의 낙인이 찍혀 망자무림의 일원이 되겠지."

"흥! 일이 잘 풀렸으니 넘어가지. 그럼 쉬어."

제인이 마차 문을 닫으려 하자 권산이 그런 제인의 손을 붙잡으며 말했다.

"여러 가지로 고마워. 제국의 3대 공작에게는 원래 밀어내고 터지는 기술이라고 설명하고."

"그러려고 했어. 바보."

마차의 문이 닫히자 권산의 렌즈 화면에는 이데아가 수집한 지구의 상황이 실시간 정보로 올라오고 있었다.

　　―반역 작전 성공. 게오르그 슈미트사 모든 생산, 통신, 지휘 체계 붕괴. GS시리즈 통제권 50% 확보, 잔여 호기 자폭됨. 게오르그 박사 생포 성공.

　　―중국 천경그룹 붕괴. 본사, 지점, 유통망, 길드 전파, 사마륭 회장 사살, 암천회 간부 사살, 신암천비원 장악, 암천회 사실상 와해됨.

"이데아, 모든 동료들과 용살문도들에게 알려. 암천마제 폭살 성공. 용살 완료."

　　―주인님, 정말 고생하셨어요.

"웬일로 진지한 척은… 하던 대로 해."

권산은 두 눈을 감았다.

엄청난 고통과 피로감이 엄습했다.

아무리 현경의 경지라지만 120갑자의 내공은 권산의 혈맥에 대단한 무리를 안겼다.

형용 불가 수준의 찢어지는 고통을 참으며 내상을 감내한 결과였다.

이 정도의 내상이라면 언제 회복될지 알 수 없는 수준이다.

'이제 내 과업을 마쳤다. 우주 국가 헬리오스의 선포를 해도 되겠지. 지구와 화성 어느 쪽이건 우릴 방해할 세력은 없다. 그럼 이제 슬슬 지구로 돌아가 볼까. 암천마제가 발견했다는 반도의 샘이 아직 마르지 않았을까 모르겠군. 대정령의 기억대로라면 황산 어디쯤인 것 같은데…….'

우주 국가 헬리오스의 선포.

지구와 화성 양쪽에 영토가 있는 지구 역사에 기록된 최초의 우주 국가다.

신생국가였지만 화성으로부터 수입되는 엘릭서의 유통을 독점하고 나노그 우주 정거장으로 드워프 함선 '뮬니르'를 통해 지구—토성 간 무역을 성사시켜 전 지구인들에게 충격을 안겼다.

김시영 박사의 '암흑에너지와 마나의 동일성 논문'은 학계에 대파란을 일으켰으며, 그가 발명한 프로토 타입의 전자식 마법 단말기[Electronic Magic Terminal]는 실제로 엘릭서를 원료로 하여 단말기를 통해 저서클 마법을 구동시키는데 성공했다.

대중화만 된다면 일반인도 생활에 필요한 간편 마법을 손쉽게 발현할 수 있게 되었다.

지구는 괴수와의 투쟁으로 만성적인 자원 부족에 시달리고 있었는데 헬리오스가 가진 엘릭서 자원과 진성그룹의 EMT는 지구 문명을 구원할 가능성을 보여주었다.

전 세계에서 벌떼처럼 화성 이민 희망자가 넘쳤으며, 헬리오스는 방사능에 취약한 계층을 선별하여 먼저 화성으로 이주한다고 발표했다.

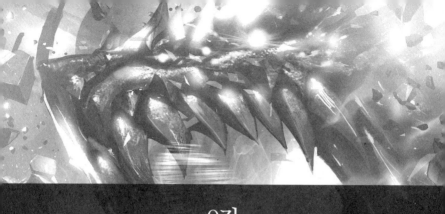

9장
다시 시작되는 모험

권산이 호리곡의 집무실에서 황산의 3D 지형도를 살피고 있을 때 민지혜가 문을 두드리고 들어왔다.

"상당히 이례적인 사태가 발생했어요."

민지혜는 디스플레이를 켜고 중국 측 방송 채널에 고정했다.

수십여 명의 백인 난민들이 중국 측 헌터들에게 구조되어 안전지대로 이동하고 있었는데 괴수지대를 뚫고 와서 그런지 몸이 성한 자가 없고 복색 역시 말이 아니게 누추했다.

이들이 누구이며 어디서 왔는지 이들을 이끄는 티호노프라는 난민들의 리더가 인터뷰를 했고, 그 내용이 화면에 중국어 자막으로 뜨고 있었는데 권산 역시 바로 읽을 수 있었다.

잠시 뒤 민지혜는 다 봤다는 듯이 디스플레이를 정지시키고 권산을 돌아봤다.

"저 리더의 이름은 알렉세이 티호노프예요. 그는 자신의 조상이 러시아인이라고 주장하고 있죠. 러시아는 100년도 더 전에 핵전쟁으로 국가 체계가 붕괴하고 거의 전 인구가 사멸했죠. 다만 전쟁 직전에 5천 명 정도의 엘리트만이 소유즈 로켓과 도킹한 성간 기계선을 타고 금성으로 향했다고 알려져 있어요."

권산은 놀랍다는 얼굴로 되물었다.

"그렇다면 저 난민들은 그 러시아 엘리트들의 후손이란 말인가? 그럼 어떻게 지구에 돌아왔지?"

민지혜는 뿔테 안경을 추스르고는 자신의 단말기를 조작하여 어떤 동영상을 디스플레이에 미러링해서 띄웠다.

"중국 측에서 언론에 공개한 영상은 조금 전에 보신 것이다예요. 다만 항주등가를 통해 비선 라인으로 더 알아보니 추가적인 인터뷰가 있더군요. 보시죠."

티호노프의 인터뷰는 러시아어로 진행되었지만, 번역기가

자동 번역에 들어가며 그 전문을 렌즈 화면에 띄웠다.

[우리는 요툰하임에서 탈출했다. 100년 전 선조들이 요툰하임에 착륙한 뒤부터 우린 티탄들의 식인을 두려워하며 숨어 살았다. 현재는 수십만 명의 인간이 소수의 티탄들에게 사육되어 먹잇감으로 전락했다. 고대 티탄들의 비밀을 염탐해 지구로 돌아오는 통로를 찾았고, 그 과정에서 수천 전사들이 희생되었다. 지구의 인간들이여, 우리를 구해달라. 요툰하임의 인간들을 해방해 달라. 불행히도 티탄들이 우릴 뒤쫓는다. 너무도 거대한 악을 데려왔구나.]

권산은 고개를 절레절레 내저었다.

과연 민지혜가 뛰어올 만한 이례적이고 충격적인 사건이었다. 민지혜는 곧바로 위성사진을 디스플레이에 띄웠다. 백두산 북동부에서 1시 방향으로 3,000㎞ 정도 떨어진 지점에 붉은 점이 찍혔다.

"극동에 악마문 동굴이 있는 위치예요. 툰드라 기후까지는 아니지만 상당히 가혹한 지역이죠. 괴수도 많지 않아요. 저 난민들이 바로 이 악마문 동굴 인근에서 나타났고, 남하하여 중국까지 오게 된 것이죠. 지금 보시는 화면을 잘 봐

주세요."

민지혜는 악마문 동굴 인근의 위성사진을 시간대 별로 몇 컷 반복해서 돌렸는데 뭔가 거대한 검은 원이 시간 경과에 맞게 늘어가는 게 눈에 보였다.

"이건?"

"미스터리 홀이에요. 지름 100m 정도에 끝을 알 수 없이 깊은 싱크홀이죠. 주변 토양이 말라 있는 걸 봐서는 광물이 녹아서 생긴 것도 아니에요. 해상도 때문에 더 확대는 어렵지만 바로 그 미스터리 홀 주변에서 인간의 형체들이 점점 나타나는 게 위성에 관찰되고 있어요."

위성사진에 그 모습이 확연하게 담겨 있었다.

그러나 사람의 형상이라는 것을 알 뿐 그 크기를 가늠하기는 쉽지 않았다.

"저 홀의 지름이 100m라면⋯ 저 인간 형상의 크기는 꽤 클 것 같은데?"

민지혜가 고개를 끄덕였다.

"키로만 따지자면 작은 종은 3m, 큰 종은 10m에 육박하고 있어요. 저 거인들이 티호노프가 말한 요툰하임의 티탄들로 추정됩니다. 현재는 약 200개체 정도인데 점점 개체수가 늘어가고 있고, 저 세력이 만약 남하하기 시작한다면 그

중간에 이들을 막아설 만한 고등급의 괴수 군락도 없어요. 중국 북단과 통일한국 북쪽이 바로 티탄들의 위협권에 들 것으로 보입니다."

"전문가가 필요할 때군. 그 교수를 불러와."

민지혜는 어딘가에 호출했고, 곧이어 에나르손 교수가 두 손이 포박된 채 집무실 앞에 나타났다.

게오르그 슈미트사를 무너뜨리며 신병을 확보한 세계 최고의 노르웨이 신화학자가 바로 그였다.

"풀어줘."

에나르손은 결박을 풀어주는 민지혜를 보더니 깊은 한숨을 내쉬었다.

자신의 처지가 답답한 것이다.

민지혜는 그에게 현재 벌어진 일에 대해 간략하게 설명했다.

이후 권산이 에나르손에게 물었다.

"요툰하임 티탄들이 지구로 넘어왔다. 그들이 어떤 존재인지는 관심 없어. 얼마나 강하지? 지구인들이 충분히 감당할 수 있는 존재들인지 궁금하다."

에나르손은 디스플레이에 찍힌 형상을 지그시 만져보더니 권산을 돌아보았다.

"신화에 나온 힘의 묘사대로라면 지구의 인간이 아무리

과학을 발전시킨들 거인족의 상대가 될 리 없습니다. 하룻밤에 성채를 쌓고 산을 뒤엎는 수준이니까요. 하지만 아스신족이 그렇듯 신급 거인족 역시 라그나로크 이후 얼마나 생존했는지는 미지수입니다. 이 화면의 거인들 중 거대 개체 몇의 육체적 능력이야 A급 괴수에 버금가는 수준일 것이 틀림없겠지만 크기와는 별개로 신급 거인이 여기에 얼마나 속해 있는가가 우리에게 위협의 정도를 결정하겠지요."

권산은 또 하나의 모험이 시작됨을 느꼈다.

요튠하임. 티탄의 세계.

자의든 타의든 이미 지구와 그들 간의 링크는 연결되었다.

헬리오스 나인의 세계는 다시 한번 격변의 소용돌이로 빨려들고 있었다.

『헬리오스 나인』 완결

초대형 24시 만화방

신간 100%, 샤워실, 흡연실, 수면실(침대석), 커플석, 세탁기 완비

▪ 광명 광명사거리역점 ▪

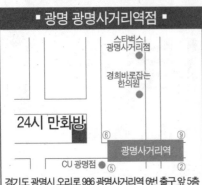

경기도 광명시 오리로 986 광명사거리역 6번 출구 앞 5층
02) 2625-9940 (솔목타워 5층)

▪ 강북 노원역점 ▪

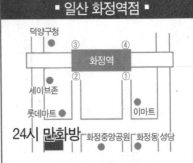

서울 노원구 상계동 340-6 노원역 1번 출구 앞 3층
02) 951-8324 (화용빌딩 3층)

▪ 일산 정발산역점 ▪

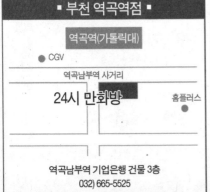

라페스타 E동 건너편 먹자골목 내 객잔건물 5층
031) 914-1957

▪ 일산 화정역점 ▪

경기도 고양시 덕양구 화정동 984번지 서일빌딩 7층
031) 979-4874 (서일사우나 건물 7층)

▪ 부천 역곡역점 ▪

역곡남부역 기업은행 건물 3층
032) 665-5525

▪ 부평역점 ▪

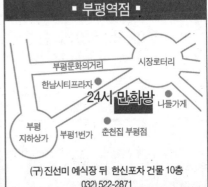

(구)진선미 예식장 뒤 한신포차 건물 10층
032) 522-2871

FUSION FANTASTIC STORY

요람 장편소설

천 번의 환생 끝에

환생자(幻生自).
999번의 환생 후, 천 번째 환생.
그에게 생마다 찾아오는 시대의 명령!

「아이처럼 살아라」
「아이답지 않게, 살아라」

이번 생의 시대의 명령은 한 번으로
끝날 것 같진 않은데?

"최악의 명령이군."

종잡을 수 없는 시대의 명령 속에
세상이 그를 주목하기 시작한다!

Book Publishing CHUNGEORAM

FUSION FANTASTIC STORY

요람 장편소설

전장의 저격수

사회 부적응자이자 아웃사이더인 석영은
게임을 하다 지구의 종말을 맞이한다.

episode1:
잠에서 깬 용사의 시대를 시작하시겠습니까?
Y/N

하지만 깨어나 보니 세상은 멸망하지 않았다.
아니, 현실 같은 게임 속 세상이 펼쳐져 있었다!

현실보다 더 험난한 '리얼 라니아(real RAnia)'.
과연 석영은 살아남을 수 있을 것인가.

이제, 리얼 라니아의 전설이 시작된다!

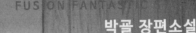